목격자

후안 호세 사에르 지음

유지선 옮김

...más allá están los Andrófagos, un pueblo
aparte, y después viene el desierto total...

HERODOTO, 『Las Historias』 IV, 18

...저 너머에는 안드로파고이*라는 별개의 민족이 살고 있고
그 이후로는 완전한 사막이 이어진다...

– 헤로도토스, 『역사』 제4권, 18

---

*   안드로파고이(Ἀνθρωποφάγοι)는 그리스어로 '인육을 먹는 자들'을 뜻한다. 고대 그리스 역사가
헤로도토스의 『역사』 제4권에 스키타이 북방에 거주하는 야만적인 부족으로 묘사되어 있다.

그 텅 빈 모래톱을 생각할 때면 언제나 막막할 정도로 넓었던 하늘이 떠오른다. 끝도 없이 펼쳐진 파란색 아래 나는 얼마나 작았던가. 노란 모래 위를 걸어가던 우리는 사막 한가운데의 개미들 같았다. 이제는 나도 늙었으니 남은 생은 도시에서 보내고자 한다. 도시에서의 삶은 하늘이 가려지기 때문에 수평적이고 평온하다. 우리는 밤이면 쏟아져 내리는 별빛을 온몸으로 맞으며 노천에서 자곤 했다. 손을 뻗으면 별에 닿을 것만 같았다. 그 별들은 너무나 크고 무척이나 많았을 뿐만 아니라, 쪼개질 듯 이글거렸다. 실금 같은 검은 밤하늘의 조각들이 가까스로 별과 별 사이를 갈라놓았다. 마치 하늘은 수많은 분화구를 품은 화산이고 나는 그 분화구들 안쪽에서 백열빛 화염이 끓어 넘치고 있는 걸 들여다보고 있는 것 같은 기분이었다.

고아인 나는 자연스레 항구로 이끌렸다. 바다와 젖은 밧줄 냄새, 오가는 배 위에서 삐걱이며 느리게 움직이는 돛, 늙은 선원들의 말소리, 온갖 향신료 냄새, 높이 쌓아 올려진 화물 더미, 매춘부들, 술과 선장들, 소음, 부산함. 그 모든 것들이 내가 기억할 수 있는 어린 시절부터 내게는 어머니와 아버지 대신이었다. 그것들이 나를 재워 준 자장가였고 나의 집이었으며, 피난처인 동시에 학교였다. 나는 부두의 허드렛일이나 매춘부들과 선원들의 잔심부름으로 먹고살았다. 가끔 친척들 집에 묵기도 했지만 창고의 포대 자루 위에서 잠드는 날이 더 많았다. 그러는 사이 차츰 나는 어린 태를 벗었다. 어느 날엔가는 한 창녀의 심부름을 해 준 대가로 첫 경험을 했고 어떤 선원은 내가 성실하다면서 그 보답으로 독주를 한 모금 허락해 주었다. 그렇게 나는 세상이 말하는 '남자'가 되었다.

그 무렵부터 항구만으로는 더 이상 성에 차지 않게 되었다. 나는 더 넓은 바다가 고팠다. 아이들은 세상이 불편한 이유를 자신들이 지식과 경험이 부족한 탓으로 돌리곤 한다. 그들은 바다 너머 저편, 머나먼 경험의 기슭에 도달하면, 과일은 더 달고 햇살은 더 노랗고 따뜻하며, 사람들의 말과 행동은 알기 쉽고 분명하며 공정할 것이라고 생각한다. 이러한 믿음—이것도 당연히 내 결핍의 결과였겠지만—이 내 열정에 불을 지폈고 나는 배를 타는 사환

자리를 알아보기 시작했다. 목적지는 어디든 상관없었다. 그저 내가 지금 있는 곳으로부터 멀리, 수평선 저 너머 낯선 땅, 격렬한 즐거움이 있는 모종의 장소로 가는가만이 중요했다.

이십여 년쯤 전에, 서쪽으로 계속 항해해 가면 인도 제도에 닿는다는 사실이 밝혀진 터라, 인도는 그 당시 가장 인기 있는 목적지였다. 그곳에 갔던 배들은 향신료들을 가득 실었거나, 이름 모를 바다를 표류하느라 상하고 너덜너덜해졌거나, 둘 중 한 가지 모습으로 고향에 돌아왔다. 항구 사람들은 하루가 멀다 하고 그 이야기를 했고, 그럴 때 그들의 얼굴과 대화는 광적인 열기마저 띠었다. 미지의 세계는 관념 속에만 존재하는 장소이고 익숙한 세계는 생명 없는 메마른 사막과도 같다. 그러나 반쯤 알려지고 반쯤 보이는 세계는 욕망과 환상이 싹트기에 가장 완벽한 배양지인 법이다.

선원들은 모든 걸 뒤죽박죽으로 섞어 이야기했다. 중국인, 인도인, 신세계, 귀한 원석들, 향신료, 금, 탐욕과 신화 등등. 그들은 도로가 금으로 포장된 도시라든가 지상 낙원, 또 갑자기 물 밖으로 솟구쳐 오르는 바다 괴물에 대한 이야기들을 해 주었다. 바다 괴물의 등을 섬으로 착각하고는 그 위로 상륙해 딱딱한 비늘 사이에서 먹고 잔 선원들도 있다고 했다. 이런 이야기들을 들을 때면 나는 입이 다물어지지 않았고 심장이 요동쳤다.

　나 역시 다른 모든 아이들처럼 내가 영광을 누릴 운명을 타고 났으며 어찌저찌 재난에는 면역이 된 존재라고 믿었기 때문에, 새로운 이야기를 들을 때마다 그 이야기가 멋지건 무섭건 간에 바다로 나서고 싶은 마음만 커져 갔다. 그러다 마침내 때가 왔다. 나라에서 가장 숙련된 항해사라는 한 선장이 말루쿠 제도로 떠나는 원정대를 꾸리는데 나도 그 안에 운 좋게 낄 수 있게 된 것이다.

　일을 얻는 건 어렵지 않았다. 사람들은 항구에서나 말이 많았지 정작 배를 탈 때가 되자 앞으로 나서는 이가 거의 없었다. 나중에 그 이유를 알게 되었지만, 어쨌든 나는 큰 어려움 없이 탐험대를 구성하는 세 척의 배 중 가장 큰 기함(旗艦)*에서 사환으로 일하게 되었다. 승선 명부에 이름을 올리러 간 날에는 다들 나를 기다렸다는 듯 두 팔 벌려 환영해 주면서, 멋진 항해가 될 테고 몇 달 후면 보물을 잔뜩 싣고 귀향하게 될 거라고 장담하며 나를 안심시켜 주었다. 선장은 그 자리에 없었다. 그는 궁정에 바쁜 일이 있어 출항일에나 도착할 것이라 했다. 채용 담당 장교는 내게 선원 구역의 침대칸을 하나 배정해 주고는 업무 설명을 들으러 나중에 다시 오라고 했다. 항해에 나서기 전 일주일의 기간 동안 나는

---

*　함대의 선두에 서는 배. 주로 가장 크고 빠르며 중무장한 배이며, 많은 경우 지휘관이 탄다.

거의 매일 항구에 나가 군인과 선원들의 심부름을 했다. 그러나 절대 거리나 술집에서 배회하지는 않았다. 나는 사환인 내 자신이 너무 자랑스러웠고 그래서 맡은 임무를 완벽히 수행하고 싶었다.

　마침내 출항일이 다가왔다. 선장은 출항 전날 저녁에 일등 항해사와 부하들을 대동하여 도착해서는 배의 구석구석을 점검했다. 바다로 나간 다음에는 장교와 선원들을 갑판으로 불러 모아, 규율과 용기 같은 미덕들을 칭송하고 하느님과 왕, 그리고 고된 노동을 사랑할 것을 강조하는 짧은 설교를 했다.

　선장은 저속한 구석이라고는 없는 금욕적이고 무뚝뚝한 사람이었다. 가끔 그가 갑판에서 선원처럼 땀을 뻘뻘 흘리며 일하는 모습을 볼 수 있었다. 또 어떤 때는 선교(船橋)에 홀로 서서 수평선에 시선을 고정하고 있기도 했다. 아니, 시선이 고정되어 있던 대상은 바다나 하늘이 아니라 그의 내면에 있는 그 무엇, 끈질기게 맴도는 기억인지도 몰랐다. 어쩌면 그는 내면에 자리 잡은 채 자신을 거기에 붙잡아 두는 허무의 끄트머리를 바라보고 있었던 것일까. 그는 눈도 깜박이지 않고 돌처럼 꼼짝하지 않은 채 그 자리에 서 있었다. 선장은 내게 친절하게 대해주기는 했으나, 마치 둘 중 하나는 그 자리에 없는 것처럼 느껴지는 영혼 없는 태도였다. 승무원들은 선장을 존경했지만 두려워하지는 않았다. 그의 타협을 모르는 믿음이 마음에서 우러난 것이라는 데는 의심의 여지가 없었다. 선장은 매사를 그 신념대로 살아내고자 애썼지만 정작 자신조차 그 믿음으로부터 괴리되어 있었다. 마치 배 위에 두 선장이 존재하는 것 같았다. 한 명은 거의 수학적인 정확성으로 왕권이 발하는 명령을 하달하는 사람. 그리고 다른 한 명은 바다와 하늘 사이 어디쯤 눈에 보이지 않는 지점을 응시하며 선교 위에 조각상처럼 서 있는 사람.

우리는 단조로운 파란색 속을 삼 개월 넘게 항해했다. 돛을 올리고 며칠 지나지 않아 따뜻한 바다를 만났는데, 그때가 바로 내가 끝없는 하늘을 처음 의식하게 된 때였다. 그날 이후 나는 단 한 순간도 그 하늘을 마음속에서 떨쳐낸 적이 없었다. 하늘이 바다에 비쳐서 배들이 일정한 간격을 유지한 채 천천히 거대한 푸른 구체(球體)를 가로지르고 있는 것처럼 보였다. 밤이면 그 구는 검은색으로 바뀌었고 둥근 천장에는 빛으로 만든 점들이 박혔다. 물고기 한 마리, 새 한 마리, 구름 한 점조차 보이지 않았다. 이제까지 알던 세계는 우리의 기억 속에만 존재했고, 우리는 그 완벽하도록 매끈한 푸른 우주의 유일한 증인이었다. 수평선에서는 빨갛고 정점에서는 노란색으로 눈부시게 빛나는 태양만이, 온통 하늘뿐인 세상에 우리라는 존재도 있다는 사실을 지켜봐주었으나, 그게 큰 위로가 되지는 않았다. 몇 주가 지나자 우리는 섬망에 시달리기 시작했다. 신앙마저도 한낱 기억에 지나지 않는 것으로 쪼그라들어 우리의 정신을 지탱해주지는 못했다. 바다와 하늘도 그 이름과 의미를 잃어 갔다. 손이 닿을수록 거칠어지는 밧줄처럼 나무 선체와 돛, 갑판 위를 거니는 육체들은 날로 그 실체감을 더해 갔으나, 그럴수록 바다와 하늘의 존재는 점점 의심스러워졌다. 때로 우리는 전혀 앞으로 나아가고 있지 않은 것 같았다. 세 척의 배들은 들쭉날쭉한 대열로 서로 거리를 둔 채 파란 공간에 박제되어 있었다. 사실 주변 색이 늘 똑같기만 했던 것은 아니다. 이를테면 해가 배 뒤쪽 수평선에서 떠오를 때라든가 그것이 다시 미동 없는 뱃머리 아래로 가라앉을 때면 그에 따라서 우리 주위의 색이 변화했다. 선장은 귀신에 홀리기라도 한 듯 꼼짝 않고 선교 위 자기 자리에 서서 그 광경을 지켜보았다. 때로 우리는 뱃사람들이 그렇게나 떠들어대던 바다 괴물을 보게 되기를 간절히 바라기까지 했으나 당연히 괴물은 나타나지 않았다.

이러한 기묘한 환경 속에서 배 위의 사환 소년에게는 더 큰 시련이 기다리고 있었으니, 바로 여자가 완벽히 부재한 이 상황이 사환 소년의 아직 덜 자란 용모가 풍기는 양면성을 강조하는 결과를 낳았던 것이다. 항해가 진행될수록, 항구에서였다면 선원들조차(그들은 모두 번듯한 가장들이었다) 역겨워했을 일들이 상당히 자연스러워 보이기 시작했다. 이를테면 아무리 사유재산을 열렬히 옹호하는 사람일지라도 일단 배를 곯게 되면 굳은 원칙 따위 굶주림에 먹혀버리고 결국에는 이웃집 닭이 포크 꽂힌 구운 닭으로 보이게 되는 것과 같은 이치이다. 또 알아두어야 할 것은 선원들 사이에서는 사려 깊고 섬세한 게 자랑거리가 못 된다는 점이다. 그들 대부분이 생각하는 사랑 고백이란 목에 나이프를 들이대는 것이었다. 나는 내 명예와 목숨 중 하나를 선택할 수밖에 없었다. 두어 번쯤 선장에게 거의 이를 뻔한 적도 있었지만 구애자의 진심 어린 협박 덕에 마음을 접었다. 결국 나는 눈치 빠른 동의를 선택함으로써 그들 중 가장 강한 자의 보호를 받는 방향으로 이 상황을 이용하기로 했다. 항구에서 여자를 상대해 보았던 경험이 결국은 내게 도움이 되었다. 그때 그들을 지켜보며 나는 아이의 직관으로 깨달았던 것이다. 몸을 파는 행위는 그저 생존의 한 방편일 뿐이며, 그들의 삶의 방식에서 명예는 단지 생존에 다음가는 가치일 뿐이라는 것을 말이다. 개인의 취향이라든가 하는 문제도 마찬가지로 사치일 따름이다. 모든 인간 존재의 근본적인 죄악은 어떻게 해서든지 건강한 상태로 살아남고자 하는 욕구, 그리고 무슨 대가를 치러서라도 그것을 실현하고자 하는 욕망이다. 내 경우에 무엇보다 간절한 소망은 말로만 듣던 소위 낙원 섬에 도착하는 것이었다. 그래서 나는 이 손에서 저 손으로 옮겨 다니는 내 처지를 감내했다. 그리고 가끔씩은 수염 없는 양성적 어린 인간으로서의 역할을 수행하는 가운데, 나 스스로도 선원들과의 관계에서 약간의 즐거움을 얻었다는 점을 고백해야겠다. 고아인 내게 선원들은 얼마간 아버지 같은 면이 있는 존재들이었지만 말이다. 이러한 교류가 지속되던 어느 날, 드디어 육지가 보였다.

우리는 말 그대로 기뻐 날뛰었다. 이 이름 모를 해안은 결국 세상이 한 가지 색으로만 이루어지지 않았다는 증거였다. 야자수로 둘러싸인 노란 모래사장은 정오의 햇살 밑에 버려진 채, 우리가 빠져나온 길고 단조롭고 지루했던 항해(어쩌면 광기의 시간)를 잊게 도와주었다. 우리는 열광적인 함성으로 우리 앞에 놓인 불확실성을 반겨 맞이했다. 드디어 완전한 동일성의 세계로부터 경우의 수로 가득 찬 다양성의 세계로 건너가는 것이었다. 바로 눈앞에서 매끄러운 바다가 마른 모래로, 나무로 바뀌더니, 울퉁불퉁한 해안선 풍경으로 변하기 시작했다. 물가의 경치는 협곡에서 언덕으로, 그리고 밀림으로 이어졌다. 그곳에는 새와 네발 짐승들을 비롯한 온갖 동물들, 비옥한 땅에서 나는 야채와 광물이 있었다. 우리 앞에 드디어 오래된 섬망을 내려놓을 단단한 육지가 나타났다. 선장은 선교 위에 서서 마치 자기 일이 아니라는 듯 우리를 지켜보기만 할 뿐, 이 열광에 동참하지는 않았다. 그는 눈가에 희미하고 사려 깊은 미소를 띤 채 풍경을 바라보고 있었으나 자세히 살피거나 감탄하는 느낌은 아니었다. 그가 어떤 표정을 지으면 수염 덥수룩한 그의 얼굴 눈가에 주름이 더 깊이 파였다. 해안에 가까워질수록 승무원들의 희열은 도를 더해갔다. 이제 모든 고생과 불안은 끝났다. 저 친절한 육지는 무해해 보일 뿐만 아니라, 무엇보다도 실제로 존재하는 것이었다. 선장이 닻을 내리고 상륙 보트를 준비하라는 명령을 내렸다. 선원들 중 상당수와 일부 군인들은 보트가 내리길 기다리지 못하고 배 가장자리에서 물로 뛰어들더니 보트를 앞질러 해안 쪽으로 헤엄쳐 갔다. 마침내 단단한 땅을 밟고 기쁨에 이기지 못한 그들은, 보트를 탄 우리가 가까이 다가가자 해변에서 물을 뚝뚝 떨어뜨리며 반벌거숭이 상태로 껑충껑충 뛰면서 우리에게 어서 오라고 팔을 휘저어댔다.

우리는 도착하자마자 짐승 떼처럼 우르르 여기저기로 흩어졌다. 방향 없이 이리 뛰고 저리 뛰는 이들, 모래 위에서 꼬리잡기 하듯 원을 그리며 달리는 이들이 있는가 하면, 제자리에서 위아래로 껑충껑충 뛰는 사람도 있었다. 어떤 무리는 큰 모닥불을 피워 놓고는 한낮의 태양 볕 아래 흐릿한 불꽃을 멍하니 바라보며 서 있었다. 늙은 선원 두 명은 나무 밑에서 큰 새 한 마리를 놀리고 있었는데, 새는 도망가야 할지 말아야 할지 정하지 못한 채 꺅꺅 비명을 지르며 이 가지에서 저 가지로 옮겨다닐 뿐이었다. 뒤편 내륙에서는 작은 언덕 아래에서 몇 사람이 깃털이 알록달록한 닭처럼 생긴 새를 쫓았다. 몇 명은 나무를 탔고 또 몇 명은 땅을 헤집었다. 어떤 남자는 해변에 서서 바다를 향해 오줌을 갈겨댔다. 이해할 수 없는 이유로 배에 남아 있기를 택한 몇몇은 난간에 기대어 먼 발치서 그러한 우리를 지켜보았다. 땅거미가 지자 우리 모두는 불가에 둘러앉아 사냥과 낚시에서 건진 전리품들을 구워 먹었다. 해가 완전히 떨어지고 나니, 모닥불 주위에 둘러앉은 선원들의 땀 맺힌 덥수룩한 얼굴이 불빛에 어른거렸다. 그러다 나이든 선원 한 명이 노래를 부르기 시작했고 우리는 모두 함께 손으로 박자를 맞추었다. 이윽고 서서히 불이 잦아들 즈음 다들 피로에 굴복하고 말았다. 몇몇은 앉은 자리에서 고개를 끄덕이기 시작했고 다른 몇몇은 따뜻한 모래 위에 모로 드러누웠다. 일부는 언덕 자락이나 나무 밑으로 이슬을 피할 곳을 찾아 나섰고 여남은 명 정도는 보트를 타고 배로 돌아가 잠을 청했다. 해변에 고요가 내려앉았다. 어둠 속에서 반쯤 장난으로 누군가가 긴 방귀를 뀌자 침묵을 깨고 폭소가 터져 나왔다. 나는 몸을 쭉 펴고 드러누워 별들을 바라보았다. 달이 뜨지 않은 밤하늘에는 노랑, 빨강, 초록 별들이 가득했다. 어떤 별들은 반짝반짝 눈부시게 빛났고 또 어떤 것들은 깜박임 없이 단단한 빛을 발했다. 가끔씩 별 하나가 빛의 포물선을 그리며 떨어져 어둠 속으로 사라지곤 했다. 별들이 너무도 가까워서 손을 뻗으면 만질 수도 있을 것 같았다. 전에 한 장교가 이런 이야기를 하는 걸 들은 적이 있다. 별들은 제각각 하나의 세계이고 거기엔 우리 같은 생명체들이 살고 있다고. 그리고 우리 지구는 둥글고 다른 별들처럼 우주에 떠 있다고 했다. 해변에서 바라보면 우리 같은 사람들이 산다는 그 별들도 아주 작은 점 하나로밖에는 보이지 않았다. 나는 우리가 실제로 얼마나 작은가를 생각하다 몸서리를 쳤다.

다음 날 나는 시끄러운 말소리에 잠에서 깼다. 장교들과 선원들이 일부는 서고 일부는 쭈그려 앉은 채 해변에서 말다툼을 벌이고 있었다. 모래사장 여기저기에서 들려오는 이들의 큰 목소리는 화를 누르듯 억제되어 있었다. 태양이 바다를 붉게 물들이고 있었고 아침 첫 빛에 비친 보트의 윤곽은 더욱 검어 보였다. 아침 일찍 본선(本船)으로부터 즉시 닻을 올리고 남쪽으로 항로를 설정하라는 명령이 내려왔다고 했다. 우리가 찾은 땅은 인도 제도가 아니라 모르는 장소이며, 따라서 배는 이 해안선을 따라 항해를 계속

해 섬 너머에 있는 인도 제도로 향할 예정이라는 것이었다. 승무원들은 두 그룹으로 나뉘어졌다. 첫 번째는 다수파로, 선장의 명령에 복종하는 사람들이었고, 두 번째는 두 명의 장교와 열 다섯 명쯤 되는 선원들로 구성된 무리로, 이들은 우리가 이 땅을 발견했으니 여기 남아서 탐험을 계속해야 한다고 주장했다. 기싸움이 한 시간 넘게 지속되고 있었다. 분위기가 과열될 때면 마치 본능처럼 손들이 순식간에 칼자루로 향했다. 이따금 참지 못한 욕설이나 고함이 튀어나오기도 했다. 첫 번째 그룹이 이야기할 때 두 번째 그룹 사람들은 들을 가치도 없다는 듯이 고개를 가로저었고, 두 번째 그룹이 말할 차례가 되면 첫 번째 그룹 사람들은 서로 마주보며 거만한 비웃음을 지었다. 어느 순간 갑자기 반란파 중 서너 명이 모래에 앉아 있다 일어서더니 칼을 뽑으며 한 걸음 뒤로 물러섰다. 반대편 그룹 사람들도 그 자리에서 칼을 뽑았다. 햇살이 청동과 강철에 반사되고 군인들의 성난 머리가 움직일 때마다 철제 헬멧들이 번쩍였다. 두 그룹은 그렇게 몇 걸음 떨어진 채 꼼짝 않고 서로 노려보며 서 있었다. 선장파 사람들의 길고 야윈 아침 그림자가 모래 위로 뻗어나가 그 뾰족한 끝이 반대편 이들의 다리 사이로 파고들었다. 금방이라도 싸움이 벌어질 것 같던 일촉즉발의 순간, 바다를 향해 서 있던 반란파 중 한 명이 칼을 칼집에 집어넣으며 소리쳤다. "선장이다!" 그는 부산스럽게 바지와 옷자락에 묻은 모래를 털어내기 시작했다.

선장은 침착하고 위엄 있는 모습으로 보트에 미동조차 없이 서 있었다. 노 젓는 병사들을 양옆에 두고 가운데 서서 두 발은 양현에 버틴 자세로, 오른손은 그의 왼쪽 허리춤 칼자루에 올린 상태였다. 마치 발을 보트에 못으로 단단히 박아 고정하기라도 한 듯, 보트의 일렁임에 따라 몸 전체가 오르내리는 것 외에 선장은 한 치의 흔들림도 없었다. 그렇게 곧은 자세로 서 있던 선장은 보트가 해변에 도착하자마자 노 젓는 병사들의 머리 위로 가볍게 발을 들어올려 마른 땅에 디뎠다. 그리고 주저 없이 결연한 태도로 해변을 걸어 올라오기 시작했다. 그가 걸음을 내디딜 때마다 부츠와 무기, 보석과 금화가 부딪히며 반복적인 금속성 리듬을 만들어냈다. 선장의 긴 그림자가 주인을 앞서 노란 모래 위를 미끄러져 갔다. 선장이 다가오는 것을 지켜보던 우리들은 그가 우리에게 와서는 늘상 하던 요점 없는 장광설을 늘어놓겠거니 짐작했다. 그러나 이내 우리의 예상은 보기 좋게 빗나갔다. 그는 걸음조차 흐트러뜨리지 않고 우리를 스쳐 지나갔다. 그리고 그제야 우리는 그의 한결같고 위엄 있는 시선이, 보트가 함선을 떠나올 때부터 우리를 보고 있었다고 생각했던 선장의 눈길이, 사실은 해변이 끝나고 정글이 시작되는 지점, 그러니까 언덕 자락에 있는 나무들에 고정되어 있었다는 사실을 깨달았다. 그의 온 관심이 오직 그 지점을 향해 있었기에 우리 대부분도 놀람 반 호기심 반으로 고개를 돌려 같은 방향을 바라보았으나, 아무리 열심히 그쪽을 관찰해 보아도 특이한 점은 발견할 수 없었다. 시선의 끝엔 정글의 시작을 알리는 언덕의 완만한 푸른 경사와 잎사귀들뿐이었다. 선장은 엄숙하고 계산된 발걸음으로 얼마간 계속 걸어가다가 갑자기 우뚝 멈춰섰다. 처음에 나는—틀림없이 해변의 다른 이들도—선장이 우리에게 하려던 연설을 최종적으로 가다듬고 있는 중이라고 생각했다. 우리를 지나쳐간 유일한 이유도 그의 연설을 다듬기 위한 것이며, 걸을 만큼 걷고 나면 목적한 설교를 한 후, 발뒤꿈치로 우아하게 방향을 틀어 원래 있던 곳으로 되돌아갈 것이라고 생각했다. 그러나 그는 우리의 예상을 벗어나 그중 어느 행동도 하지 않고 대신 우리에게 등을 돌린 채로 서서 나무 사이 어딘가를 응시하며 조각상처럼 서 있을 뿐이었다. 분명 눈도 깜박이지 않았을 것이 틀림없다. 선장은 족히 오 분은 그렇게 서 있었다. 바닷가의 남자들은 충성파, 반란파 할 것 없이 바로 몇 분 전의 언쟁은 까맣게 잊어버리고 의문 어린 시선을 교환하기 시작했다. 선장의 뒷모습은 단호하고 곧았다. 내 시선은 선장에게서 선원들로, 또 보트에 남아 기다리는 노 젓는 선원들에게로 정처 없이 표류했다. 선원들 사이에 자리한 한 뼘의 모래사장 위에는 바닷가 쪽에 선 이들의 긴 그림자가 드리워졌고, 선장을 기다리는 노 젓는 선원들의 얼굴은 무표정했으며, 그들 뒤로 세 척의 배 위에서는 돛이 아침 해를 받아 빛나기 시작했다. 바람 한 점 없는 날이었다. 이제 막 떠오른 해는 벌써부터 모래사장을 달구고 있었다. 사방은 파도 소리 외에 고요했다. 파도가 흰 거품을 만들며 반원형으로 해변에 와 부딪히는 소리와 그 파도에 맞춰 규칙적으로 보트가 흔들리는 소리는 너무 단조롭고 익숙해 더 이상 주의를 끌지 못했다. 선원들은 다 같이 혼미한 정신으로 꼼짝 못 하고 서서 같은 기대감을 품고 있었다. 마침내 더 이상 기다릴 수 없겠다 싶을 만큼의 시간이 지났을 즈음, 선장이 길고 깊은 처연한 한숨을 내쉬었다. 그 소리는 아침 고요를 뚫고 선명하게 울리면서 그의 단단하고 꼿꼿한 몸을 살짝 진동시키기까지 했다. 그 아침 이후로 60년 이상 흘렀음에도 나는 조금의 과장도 없이 말할 수 있다. 그 길고 깊은 한숨은 이전에도 이후에도 없을 독특한 것이어서, 내 안에 죽는 날까지 지워지지 않을 인상을 남겼다고. 한편 그 소리를 들은 선원들의 표정은 놀람에서 공포로 바뀌었다. 저 미지의 땅에 사는 가장 무시무시한 괴물이라도 저 암울한 한숨보다 더 이들을 겁에 질리게 하지

21

는 못했을 것 같았다. 어쨌든 그 직후 선장은 드디어 몸을 되돌려 그가 왔던 쪽으로 걸어가기 시작했다. 짧은 턱수염을 가슴에 파묻은 채, 선원들을 그대로 지나쳐 보트까지 걸어간 그는, 다시금 노 젓는 선원들의 머리 위를 넘어 그들 가운데에 자리 잡고 단단히 섰다. 천천히 보트는 해안에서 떨어져 정박한 배로 움직여 갔다. 선원들은 아무 말도 하지 않고 칼을 도로 집어넣었다. 그리고 감히 입을 열거나 서로 눈을 마주칠 엄두조차 내지 못한 채 파도에 까딱이고 있는 보트들을 향해 걸어갔다.

세 척의 배는 남쪽으로 향했다. 육지가 계속 시야에 들어오도록 해안과는 일정한 거리를 유지했다. 때로 해안선이 반원형으로 움푹 들어간 만(灣)을 이루며 배에서 멀어지거나 암벽이 돌출되면서 우리가 바다 쪽으로 물러나게 되는 경우도 있었다. 가끔 짐승이나 새를 보게 되는 때도 있었다. 해안에서 풀을 뜯는 털 긴 네발 짐승이나, 약올리듯 나무 사이를 넘나드는 날랜 원숭이들, 뱃머리 주변을 맴돌다가 갑자기 방향을 바꿔 정글 속으로 사라지는 형형색색의 새들도 있었다. 그러나 사람만큼은 흔적조차 볼 수 없었다. 단 한 명도. 만약 일부의 주장처럼 이곳이 인도 제도라 치더라도 인도인이 산다는 증거는 전혀 찾을 수 없었다. 적어도 자신의 주변 공간에 색과 부피, 형태를 부여하고자 하는 작은 불씨를 내면에 품은 존재, 그러니까 우리처럼 자의식이 있는 그런 존재는 없었다.

이전까지는 선장이 그저 무심해 보이기만 했다면 이제는 아예 동떨어져 보였다. 그는 마치 접근 불가한 다른 차원에 떠 있는 사람 같았다. 출항 후 며칠 동안 선장은 갑판에 거의 모습을 드러내지 않았다. 부하들이 모든 일을 대신했고 선장은 선장실 밖으로 나오지 않았다. 처음에 우리는 그가 아픈가 보다고 생각했다. 그러나 그가 두세 번쯤 풍채 좋은 모습을 드러내어 짧고 영혼 없는 회의를 주재한 후로는 달리 생각하게 되었다. 어느 날 밤, 선장의 식사 시중을 드는 선원이 몸이 안 좋아 내가 그 일을 대신한 적이 있었다. 식사 후 상을 치우러 돌아와 선실 문을 두드렸을 때 대답이 돌아오지 않자, 선장이 방에 없다고 생각한 나는 문을 열고 들어갔다. 그리고 내가 본 것은 그가 선실 불을 환히 밝힌 채 테이블에 홀로 앉아 내가 몇 시간 전 가져다 준 생선 요리를 골똘히 들여다보고 있는 모습이었다. 생선은 손도 대지 않은 채 접시 위에 고스란히 남아 있었다. 그는 내가 들어오는 소리도 듣지 못한 듯했다. 선장의 강렬하고도 멍한 눈길은 생선에, 특히 동그랗게 온전히 남아 있던 한쪽 눈알에 고정되어 있었다. 그 죽은 생선이 마치 빙글빙글 돌아가는 빨간 나선형처럼 선장에게 최면을 걸어 그의 주의를 붙들고 있는 것 같았다.

　해안선을 따라 항해하던 중에 배는 갈색 담수 수역에 들어섰다. 잔잔하고 적막한 곳이었다. 해안으로 접근할수록 풍경이 전과 달라졌음을 알아볼 수 있었다. 정글과 언덕이 많았던 이전 해안과 달리 이곳의 지형은 땅에 요철이 적고 단조로웠다. 다만 더 위만은 그대로였는데, 이 이상한 색 바다는 열기를 식혀주지 않는 것이 다른 바다와 달랐다. 대개 푸른 바다는 심해에서부터 불어오는 바람으로 해안을 식혀주었기 때문이다. 감해(甘海)*에 들어서고 나니 보이는 것이라곤 푸른 하늘, 잔잔한 황갈색 물, 그리고 황량한 해변뿐이었다. '감해'는 상륙할 때 선장이 기계적인 몸짓과 함께 왕의 이름으로 그 바다에 하사한 이름이었다. 우리는 그가 허리 깊이의 물에 뛰어들어 검으로 허공을 가르고 파도를 훑는 의식을 수행하는 모습을 해변에 서서 지켜보았다. 나는 호기심 어린 눈길로 선장의 정확하고 섬세한 동작들을 하나하나 따라갔으나, 상상했던 것 같은 변화는 일어나지 않았다. 멍청한 육지는 세례와 귀속 과정을 거친 후에도 고집스럽게 아무 징조도 내어놓지 않았다. 우리가 모두 보트에서 내려 갈색 물의 원천으로 여겨지는

---

*　el mar dulce(영어로는 the Sweet Sea). 실제로 16세기 스페인 탐험가들이 오늘날 라플라타 강(el Río de la Plata) 어귀를 이렇게 불렀다는 기록이 있다.

강의 하구를 향해 이동하는 동안, 나는 줄곧 우리가 하선했던 지점을 응시하고 있었다. 떠난 지 몇 분밖에 지나지 않았음에도 우리의 흔적은 이미 하나도 남아 있지 않았다. 그곳엔 다시금 빈 해변, 푸른 하늘, 황갈색 물뿐이었다. 우리 모두는 일종의 환상을 품고 있었다. 그것은 바로 우리가 이 미지의 땅을 발견했으니 이곳은 우리 소유라는 생각, 마치 이 장소가 이전까지는 형체도 없고 공허한 빈 공동(空洞)이었고 우리가 최초로 그 공간을 채운 구체적 실체라도 된다는 식의 착각이었다. 그러나 비록 길고 단조로운 항해 때문에 정신이 몽롱하기는 했어도 내가 목격한 것은 진짜였다고 단언할 수 있다. 우리가 창조했다고 여긴 그 장소는 처음부터 늘 그 자리에 있어 왔고, 그것은 우리가 통과하도록 눈감아 주기는 했으나 이내 우리의 자취를 삼켜 버렸다. 심지어 그 땅은 우리가 나중에 올 사람들을 위해 일부러 남겨둔 표시조차 지워 버렸다. 매 상륙 때마다 우리의 존재는 마치 갑자기 생겨난 가려움증이나 물가에서 잠시 반짝이다가 사라지는 덧없는 아지랑이 같은 것에 지나지 않았다.

우리는 그 원시 강—강이 하나가 아니었음을 나중에 알게 되었지만—의 어귀에 들어선 후 몇 리그* 정도 더 물길을 따라갔다.

---

* league. 옛 거리 단위로 약 3마일 또는 약 4,000미터에 해당한다.

강둑의 붉은 흙 속에 둥지를 튼 앵무새들은 우리의 기척에 놀라 날아올랐지만, 물가의 진흙뻘을 천천히 기어다니는 악어 무리들은 침입자 따위는 아랑곳하지도 않았다. 그 강들의 냄새는 이제껏 어디에서도 맡아보지 못한 것이었다. 그것은 태초의 냄새, 바로 만물이 고통스럽게 형상을 갖추어 가는 창조의 과정 한가운데에서 나는 눅눅한 냄새였다. 지루한 바다를 떠나 이 강들을 따라가는 일은 마치 림보*에서 지구로 내려가는 것과 같았다. 썩은 이끼에서, 또 수천 마리의 작고 눈 멀고 형태 없는 생명체들을 품에 품은 채 부패한 식물 더께로부터 우리는 약간의 과장을 보태어 생명이 재탄생하는 모습을 보았다. 인간이 없는 이곳의 상태는 생명 탄생에 대한 우리의 환상을 부추겼다. 우리는 이렇게 거의 만 하루를 항해한 끝에, 밤이 되어서야 태곳적 강가에 정박했다. 야생 동물이나 야만인, 또는 이름 모를 무서운 것이 나타날 것에 대비하여 선장은 신중하게 하선을 다음 날 아침까지로 유예했다.

그 이후로 많은 세월이 흘렀음에도 그날의 감각은 새벽의 핵심적인 정취를 생생히 불러일으킨다. 잠에서 덜 깨 아직 잠긴 목소리들, 우물 안에서처럼 고여 울리던 어두운 첫새벽의 소리들, 일

---

* limbo. 라틴어로 '경계', '변방'을 뜻하는 'limbus'에서 온 말로, 천국과 지옥, 또는 연옥의 변두리에 위치한 죽은 자들의 처소를 이르는 가톨릭 용어이다. 그리스도의 존재를 알지 못하여 세례를 받지 못한 영혼들이 림보에 간다고 알려져 있으며, 흔히 고통이 없는 곳으로 정의된다.

찌감치 기상해 타인을 흔들어 깨우는 무례한 손, 그리고 깊은 꿈에서 끌려 나와 죄 없는 새 아침과 화해하려 애쓰는 나 자신. 나를 깨운 것은 어떤 침울한 늙은 선원이었다. 나는 선장과 함께 상륙하여 섬을 정찰하기로 한 팀의 일원이었다. 반쯤 잠든 채로 옷을 걸쳐 입으며 갑판에 도착하니, 선장은 이미 새벽빛을 등지고 푸른 음영을 반쯤 몸에 드리운 채 우리를 기다리고 있었다. 빛나는 아침 별이, 푸른 빛 속에 윤곽만 보이는 돛대와 밧줄 위에 가만히 걸려 있었다. 선장을 포함한 우리 팀 총 열 한 명은 한 보트에 타고 서쪽 기슭으로 향했다. 배가 노를 저어 본선으로부터 멀어져 갈 때 뒤를 돌아본 기억이 난다. 반대편 기슭 나무들 위로 붉은 아침 놀이 하늘을 가득 물들이고 있었다. 육지에 닿았을 때에는 이미 해가 중천이었다. 강기슭에 나타난 우리의 존재로 인해 안 그래도 소란스럽던 새들이 한층 더 큰 소요에 빠져들었다. 우리는 아침 햇살을 담뿍 받으며 앞으로 나아갔다. 선장은 겸허해진 정도까지는 아니었지만 이제까지의 권위적인 자세에서 벗어나 우리와 함께 경탄하고 경계하는 모습이었다. 명령을 내리기만 하던 사령관 특유의 경직성을 벗은 것만으로도 그가 우리 앞에 닥칠 어떤 상황에도 동물적으로 기민하게 잘 대처하리라는 믿음이 생겼다. 우리는 불안한 눈길로 주위를 천천히 살핀 후, 차근차근 길을 밟아 나가기 시작했다. 가장 작은 나무조차 키를 훌쩍 뛰어넘는 울창한 숲을 지나기도 하고 반대로 허리춤에도 미치지 못하는 낮은 덤불을 헤치며 나아가기도 했다. 작은 관목들로 이루어진 숲을 통과할 때면 나직한 가지가지마다 꽃이 핀 덩굴들과 노래하는 새들이 가득했다. 마침내 우리는 빈 들판에 맞닥뜨렸는데, 바닥이 누렇거나 검게 그을린 것이 의심의 여지 없이 강한 열에 의한 것이었다. 한낮의 태양이 모든 것을 또렷이 밝혀 주고 있는 가운데, 눈앞에 펼쳐진 세상은 어쩐지 전혀 현실감이 없었다. 아침까지 우리가 강이라고 생각한 곳에 정박시킨 배들도 어쩌면 허상일지 몰랐다. 몇 분 동안 우리는 그 자리에 못 박힌 듯 서서, 마치 한몸이라도 된 것처럼 하나의 풍경을 노려보았다. 다른 눈들이 이것을 본 적이 있었을지, 우리가 뒤돌아서면 이 풍경이 순간의 환영이 되어 사라져 버리지는 않을지 알 수 없었다. 이곳에 도착하기까지 두세 시간쯤 계속 걸어왔으니 길을 되밟아 돌아간다면 해를 마주하고 말없이 땀을 흘리며 다시 같은 시간만큼 걸어가야 할 것이었다. 우리의 마음 상태와 이 땅은 하나이자 동일한 것이었다. 한쪽이 없이는 다른 쪽도 상상할 수 없었다. 만약 우리가 저 바싹 마른 초목들을 뚫고 들어온 창세 이래 처음이자 유일한 인간 존재라면 이 장소가 우리 없이도 이 상태 그대로 계속 존재할 것이라고는 상상할 수도 없었다. 그것은 이 황량한 풍경이 우리 마음속에서 완전히 사라질 것이라 상상하는 것만큼이나 어려운 일이었다. 너무나 새파란 하늘을 배경으로, 외로운 태양은 불꽃이 가장자리에서부터 원의 그을린 중심으로 핥아 들어가는 모양으로 울그락불그락 색을 바꾸며 맹렬히 불타고 있었다. 선장은 완전히 겁에 질려 있었다. '겁에 질렸다'는 표현을, 감당할 수 없는 사실을 알게 되었으나 그로 인한 두려움은 전혀 느끼지 않는 인간의 정신 상태를 묘사하는 데 쓸 수 있다면 말이다. 그는 힘없고 갈라진, 거의 슬픔에 잠긴 목소리로 몇 마디 말을 뱉었다. 땀이 그의 이마에서 뺨을 거쳐 덥수룩한 검은 턱수염으로 흘러내리면서, 누가 봐도 눈물을 연상케 할, 축축하고 끈적한 자국을 눈가에 남겼다. 그 찬란한 아침으로부터 많은 세월이 흘러 나이를 먹은 지금에야, 나는 그때 선장의 마음 깊은 곳에서 무슨 일이 일어났는지 이해할 수 있을 것 같다. 바로 그 순간, 선장은 평생 자기 자신에 대해 잘못 생각해왔다는 사실을 깨달았을 것이다. 그 허무한 아침에 그의 존재는 의심의 여지 없이 발가벗겨졌다. 어느 들판 구석에서 사냥꾼의 덫에 걸린 산토끼의 영혼이 그와 비슷했을 것이다.

내가 기억하기로, 우리는 정오가 되어서야 배를 댄 해안에 다다랐다. 태양이 배와 물 위로 사정없이 내리쬐고 있었다. 그 이글거리는 빛이 모든 것에 절대적인 침묵을 드리우면서 그 불타는 경기장 안에 갇힌 모든 물리적 대상들의 적나라한, 문제적 본질을 강조하고 있었다. 덤불 숲을 빠져나오자, 배 위에서 우리를 기다리고 있는 선원들이 갑자기 시야에 들어왔고 그제야 우리는 땀에 푹 절은 채 숨을 헐떡이며 진흙땅 위에 멈춰 섰다. 탐험이 너무 싱겁게 끝난 데 실망해서였는지 선장은 배에 오르길 주저했다. 그는 출항을 미룬 채로, 선원들의 말에 무신경하게 단답형으로 대답하면서 사방을 천천히 둘러보았다. 그렇게 물가에 다다랐을 때, 갑자기 그는 뒤로 돌아 몇 미터를 걸어가더니 마치 누군가가 자기의 신념에 반하는 결정적인 증거를 들이밀기라도 한 양 고개를 세차게 가로젓기 시작했다. 그러는 동안에도 그의 눈은 끊임없이 덤불 숲과 나무들, 땅과 물을 훑고 있었다. 우리는 어찌할 바를 몰라 그를 에워싼 채 기다릴 수밖에 없었다. 마침내 그는 믿음과 불신이 뒤섞인 얼굴 표정으로 우리를 바라보며 입을 열었다. "이 땅은 사람이 살지 않…" 동시에 그는 팔을 들어 주먹을 흔들면서 그가 하려는 선언에 힘을 실으려고 한 것 같았다. "이 땅은 사람이 살지 않…", 바로 이것이 뒤편 덤불 숲에서 화살이 날아와 목을 관통한 순간 선장이 남긴 말이었다. 얼마나 갑작스럽고 예상치 못한 일이었던지 그는 눈을 부릅뜨고 팔은 올린 그 자세 그대로 몇 초간 그대로 얼어붙어 있다가 바닥으로 허물어져 내렸다. 아주 잠시 내 머릿속에 든 생각은 선장 팀 사람들 중 나만 빼고 모두가 바닥에 꼼짝 않고 누워 있다는 당황스런 깨달음뿐이었다. 그들은 몸의 여기저기가, 대부분은 목과 가슴이, 어딘가로부터 날아온 화살에 뚫려 있었다. 화살은 무서울 정도로 정확하게 내 동료들의 방심한 살을 파고들었다. 나는 그때 막 왕국 전체의, 어쩌면 온 유럽의 이야깃거리가 될 사건의 목격자가 된 참이었다. 그러나 그 순간에 나는 이 무시무시한 사태에 전율하기는커녕, 무슨 일이 일어났는지 뭐가 어떻게 돌아가고 있는지 알아채지도 못한 상태였다. 그 뒤로도 모든 일이 너무나 빨리 진행되었기 때문에 그 순간에 대해 기억나는 것이라곤 나를 압도한 기이한 이질감뿐이었다. 몇 초 후에야 나는 내가 아주 특이한 상황에 처했다는 것을 깨달았다. 탐험대의 구성원들이 모두 죽음으로써, 공통의 경험이 지녔던 확실성은 전부 사라졌고 나는 세상에 홀로 남아 혼자라는 처지에 따라오는 모든 어려움에 맞닥뜨리게 되었다. 그러나 이 상태도 오래가지 않았다. 한 떼의 벌거벗은 검은 피부색의 남자들이 활과 화살을 휘두르며 덤불 숲에서 튀어나왔다. 한 그룹이 시체들을 수습하느라 분주한 동안, 다른 그룹은 나를 에워싸고 약간의 흥분 속에 나를 손가락으로 가리키거나 만져대면서 만족과 감탄의 웃음을 터뜨렸다. 그리고 계속 반복해서 똑같은 두 마디의 빠르고 새된 소리를 냈다. *데프-기! 데프-기! 데프-기!(Def-ghi! Def-ghi! Def-ghi!).* 나는 몸이 붕 떠 있거나 다른 공간에 있는 것만 같은 감각에 사로잡혀 공포감을 느낄 겨를조차 없었다. 그리고 내가 미처 알아차리기도 전에, 그 벌거벗은 검은 피부의 남자들은 이미 시신을 수거해 민첩하고도 가볍게 덤불 속으로 달려가고 있었다. 나는 고개를 돌려 강 한가운데 정박해 있을(내가 착각한 게 아니라면) 배들을 돌아볼 새도 없이, 한 시간 가까이나 그들에게 보조를 맞추어 함께 달려야 했다. 내 옆에 배치된 두 명의 장정들은 내 양팔을 단단히, 그러나 조심스럽게 붙들고는 말 한마디 눈빛 한 번 건네는 일 없이 나를 인도하여 능숙하게 언덕 지대를 넘었다. 그들은 모든 나무와 길과 덤불을 외우고 있는 것 같았고 조용한 물가의 나무 그늘에서 잠시 쉬어 갈 때 보면 숨조차 가빠 보이지 않았다. 그 미지의 땅에서 새로운 구역을 만나도 신기하거나 낯설게 느껴지지 않았던 것은, 끊임없이 오르락내리락하며 달리느라 낯선 풍경이 흐릿해졌기 때문이었다. 모든 것이 요동치고 있었다. 위에서 아래로, 오른쪽에서 왼쪽으로, 풍경은 얇은 막들로 이루어진 것처럼 겹겹이 어긋나면서 일그러져 보였다.

시냇가의 나무들 밑에서 한 무리의 인디언들이 진지한 토론에 빠졌다. 그들이 이런저런 몸짓을 섞어가며 심각한 대화를 나누고 있는 동안, 나는 땅바닥에 쓰러져 숨을 고르며 내 심장이 뛰는 소리를 들었다. 나무 밑의 남자들은 내 얘기를 하고 있는 것 같았다. 이따금씩 내 목숨의 무게를 다는 것처럼 내 쪽을 바라보곤 했다. 지금 생각해도 그때의 나의 대범함은 놀랍다. 나는 단 한 순간도 내가 선장이나 다른 동료들과 같은 운명을 맞이하게 되리라고는 생각해 본 적이 없었다. 그리고 결국 내 생각은 틀리지 않았다. 여러모로 그 상황의 독특함은 우리가 꿈속에서 겪는 경험들과 유사한 부분이 있었기 때문에, 나는 모든 사건을 마치 멀리서 남의 이야기를 듣는 것처럼, 혹은 무서운 꿈을 꾸고 있는 중인 것처럼 바라볼 수 있었다. 그렇기에 내겐 눈앞의 벌거벗은 남자들이나 시체 더미도 내 현실이나 그때까지의 경험과는 관계가 없는 일종의 '장면'들에 지나지 않았다. 피로가 조금 가시고 나자 나는 일어나 앉아 주위를 둘러보았다. 아무 생각이 없을 때면 늘 그러듯, 나는 기계적으로 숫자를 세기 시작했다. 사람들이 전부 벗고 있고 내 눈에는 생김새도 비슷한데, 자꾸만 여기저기로 움직여서—강가로, 자기 무리에게로, 또는 내게 와서 상태를 확인한다거나 시체를 살펴보는 등등으로—헷갈렸다. 나는 몇 번을 고쳐 세고 여러 방법으로 확인한 끝에 그들이 총 94명이라고 결론 내렸다. 다음 날 다시 세어 보아도 결과는 같았다. 그들은 모두 남성이었고 아주 젊지도 아주 늙지도 않은 사람들이었다. 나무 아래서 토론하는 사람들은 스무 명이 넘지 않았고 나머지 사람들은 그저 이리 왔다 저리 갔다 할 뿐이었다.

　내가 이상할 정도로 평온했던 데에는 그 야만인들이 내게 다가올 때나 건드릴 때(대개는 손가락 끝으로), 그리고 말을 걸 때 모두 일관되게 정중했던 이유도 있었다. 그들이 나를 언급하거나 내 동족들을 가리킬 때 사용하는 한 단어가 있었다. 그 단어는 쉽게 식별할 수 있는 두 음절로 이루어져 있었다. 그들은 새된 목소리로 그 단어—데프-기, 데프-기, 데프-기—를 반복하면서, 그때마다 노래하듯 낄낄 또는 깔깔 웃으며 내 어깨나 팔, 가슴을 건드리거나 검은 손가락으로 내 방향을 가리켜 그 대상이 나임을 분명히 표시했다. 때로 내 앞에 쭈그리고 앉아 꿈꾸는 듯한 표정으로 하염없이 나를 바라보는 이도 있었다. 어떤 사람은 내게 물과 과일을 가져다 주었는데, 처음에는 경계하여 입에 대지 않았으나 결국은 게걸스럽게 먹을 수밖에 없었다. 또 어떤 이들은 과도하리만치 정중한 몸짓으로 자기들이 회의중이던 나무 그늘 밑으로 와서 앉으라고 권하기도 했다. 그러고 보니, 나는 오후 땡볕 아래 내려놓아진 상태 그대로였다. 내가 권유의 뜻을 알아채고 나무 쪽으로 다가가자, 인디언들 중 한 사람이 나뭇가지를 꺾어다가 바닥을 쓸어 내가 앉을 자리를 마련해 주었다.

나무 아래의 회의는 몇 시간이나 이어졌다. 때로 이야기가 늘어지다 못해, 연사가 말하다 말고 잠이 들었다가 한참 후에 깨어나 다시 말을 이어가는 경우도 있었다. 그러나 그런 식으로 침묵이 길어지는 동안에도 청중의 기대감은 줄어들 기미가 없었고 오히려 이러한 식의 나른함이 연사의 열의를 북돋우고 청중을 더욱 집중하게 만들어주는 것도 같았다. 회의는 해가 질 무렵에야 끝났다. 이내 해가 가느다란 녹황색 빛줄기만 남기고 지평선 밑으로 완전히 가라앉자, 남자 두세 명이 큰 소리로 흩어진 사람들을 불러 모으고, 다른 사람들은 시체들을 쌓아 올리기 시작했다. 그러고는 아까 나를 호송했던 남자들이 내 옆에 배치되더니, 모두 다시 달리기 시작했다.

그 인디언들의 공손한 태도는 이번에도 변함이 없었다. 내 양옆의 말 없는 두 남자는 조심스럽게 내 팔꿈치를 잡고 땅에서 몇 센티미터 들어올려 내 발이 땅에 닿지 않도록 했다. 그 배려 덕에 실제로 달리는 것만큼 힘이 들지는 않았다. 처음에 나는 그들이 무엇을 하려는 건지 몰라 허공에서 발길질을 했으나 그들의 의도를 이해하고 나서는 주먹을 쥔 채 팔은 살짝 구부려 들어올리고

35

쓸모 없는 다리들도 오므린 상태로 뻣뻣이 자세를 유지했다. 팔은 몸에서 살짝 띄워 그들이 나를 받치는 손 위에 자연스럽게 안착시켰다. 이들이 얼마나 노련하게 지탱해 주었는지 가끔은 그들이 맨발로 땅을 딛는 진동조차 느껴지지 않았고 시야도 흔들리지 않았다. 내 양옆의 풍경도 뭉개지지 않는 것이, 마치 내가 아주 매끄러운 표면 위를 스쳐가는 것만 같았다. 울퉁불퉁한 지형이 나오면 내가 충격을 덜 받도록 그들이 내 팔꿈치를 잡은 손의 힘을 조절하는 것을 느낄 수 있었다. 자신들의 편안함에는 조금의 도움도 되지 않는 행동이었다. 우리는 그날 내내 쉼 없이 질주했다. 아니 질주라기보다는 오히려 가벼운 속보였다고 해야 옳을 것 같다. 남자들 무리는 그 속도에 아주 익숙해 보였고 누구 하나 그 리듬에서 벗어나지 않았다. 얼마나 규칙적이고 편안한 속보였는지 몇 시간이 지나고 나자 반복되는 리듬이 단조롭게 느껴지기까지 하더니, 땅거미가 질 무렵 나는 급기야 잠이 들어 버렸다. 얼마 후 눈앞에서 환하고 뿌연 불빛 같은 것이 어른거려 잠에서 깼는데, 그것이 달이라는 것을 깨닫는 데만도 시간이 좀 걸렸다. 캄캄한 가운데 나를 떠받친 두 남자의 고르고 안정적인 숨소리가 희미하게 들렸다. 장정 아흔네 명의 맨발이 반복적으로 바닥을 치며 내는 소리는 약하게 자박자박 울리다 금세 어둠 속으로 사라졌다. 그러고는 동이 텄다. 거대한 달이 지평선 밑으로 사라지더니 곧 해가 떠올랐고 그대로 아침이 밝았다. 뒤쪽에서 떠오른 태양은 잠시 우리 머리 위에 머물다 천천히 기울기 시작했다. 눈앞에서 빛이 다시금 사그라들면서 예의 그 녹황색 빛깔을 띠어 갔다. 그즈음 우리는 황갈색 물이 도도히 흐르는 광대한 강의 둑 꼭대기에 멈춰 섰다. 폭이 넓은 그 강 안에는 편평한 섬들이 몇 개나 있어 물줄기를 가르고 있었다. 늦은 오후의 빛이 물 위에서 춤을 추고 있었다. 두 호위자들이 나를 땅에 내려 주었다. 머릿속과 내 주변의 모든 것이 빙글빙글 돌고 위아래로 흔들리는 듯해서 나는 쓰러지듯 바닥에 주저앉았다. 강들의 크기로만 판단하자면 그 땅에는 끝이 없을 것 같았다. 적어도 그 거대한 강에서 내가 현기증과 함께 얻은 인상은 그랬다.

우리가 이제껏 지나온 지대는 비교적 고도가 높은 땅으로, 완만하게 굴곡져 있으면서 사람이 건너다닐 정도의 얕은 시내가 고루 분포해 있었다. 반면 강둑에 서서 강 너머로 흘긋 건너다본 땅은 눈에 띌 만한 지형적 특성이 없는 편평한 지대였다. 흙빛이 감도는 엷은 초록색 평야가 지평선까지 이어져 하늘과 맞닿아 있었다. 나는 끌린 듯 둑 가장자리까지 나아가 풍경과 사람들을 관찰하며 한동안 서 있었다. 그들은 숨을 고르듯 누워 있거나 물이 찰

랑거리는 강가를 거닐고 있었다. 나는 거기서 다시 그들의 수를 세었다. 역시 아흔 네 명이었다. 처음 만나고 고작 하루가 지났을 뿐인데, 나는 이미 그들에게 너무 익숙해져 있었다. 선장이나 동료들, 타고 왔던 배들까지도 이제는 잊힌 꿈속의 토막 난 파편처럼 느껴졌다. 그때가 내 15년 평생 처음으로, 이제는 익숙해진 어떤 생각을 하게 된 순간이었다. 그러니까 어떤 사건을 기억하고 있다고 해서 그것이 실제로 일어났다는 충분한 증거가 될 수는 없다는 것이다. 오래전에 꾸었다고 기억하는 꿈이 실은 어젯밤에 꾼 것일 수도 있고 실제로는 지금 막 떠오른 생각일 수도 있다. 강둑과 물가에 쌓여 있는 그들의 시신들만 아니었어도 내게 선장과 내 동료들은 아예 존재하지도 않았던 사람들처럼 느껴졌을 것이다. 그때까지 나는 그들에게, 심지어 나 자신에게조차 연민을 느낄 겨를이 없었다. 나도 마치 이 세상에 존재하지 않는 것 같은 느낌이었다. 그러나 이제는 내게 일어나는 일들이―사소하고 찰나적일지라도―공중에 떠 있는 듯한 나를 들어올려 앞으로 나아가게 하고 있었다. 마치 내 옆의 강하고 묵묵한 호위자들처럼.

　우리는 그곳에 오래 머물지 않았다. 쉬는 시간은 오로지 나만을 배려한 것이거나 형식상의 절차인 것처럼 보였다. 그 인디언들은 강둑의 가파른 경사면 무성한 초목 사이에 속이 빈 나무줄기로 만든 배를 여러 척 숨겨 두었다. 그들은 그것들을 민첩하게 물속으로 밀어 넣으면서 자신들과 시신을 배에 나누어 태웠다. 그들은 언제나 움직임이 번개같이 빨랐다. 고작 하루 동안 그들은 선장과 선원 전체를 도륙했고 거의 쉬지도 않고 먼 거리를 달려온 데다, 이제는 카누를 물에 띄우고는 (이 행동도 달리면서 했다) 열정적으로 노를 저어 노을로 붉게 물든 물 위로 나아가고 있었다. 강을 건널 때 그들은 내게 또 다른 예우 표시를 했다. 나도 내 몫의 카누를 할당받아 피치 못하게 노를 저어야 했던 것이다. 물론 곁에는 두 명의 과묵하고 기운 넘치는 내 호위자들이 함께했다.

　내가 처음으로 건넌 그 강은 그 후 10년간 내 세계의 수평선을 이루었고 내 집이 되었다. 그 강은 북쪽의 밀림에서 흘러나와 불쌍한 선장이 감해라 불렀던 바다로 흘러들었다. 인디언들은 그 강을 '아버지 강'이라고 불렀다. 그 말이 정말 맞는 것이, 그 강이 흘러가면서 실제로 새로운 강들을 낳았기 때문이다. 하구에 가까워질수록 강은 물이 불어나다가 어느 순간 본류에서 갈라져 나간다. 그리고 그렇게 생겨난 강들은 순차적으로 또 다른 강을 낳고 물살을 견디다 못한 강둑이 범람하여 또 다른 물줄기가 생기는 식으로 무한히 증식하곤 했다. 그 강에는 거무칙칙한 늪지 섬들이 많았고 따라서 강기슭도 많았다. 강가에 사는 사람들 역시 그 강이 낳은 것처럼 물가 진흙과 똑같은 색이었다. 몇 년 뒤, 케사다 신부는 내가 인디언들에 대해 묘사하는 걸 듣고 이렇게 말했다. "십 년이나 낙원 바로 옆에 살면서 그걸 몰랐단 말인가?" 그 사람들의 피부색은 최초의 인간이 흙에서 만들어진 흔적이 남은 것이며, 그들은 의심의 여지 없이 아담의 이름 없는 후손이라는 것이다.

작은 섬들을 요령 좋게 피하면서 우리는 반대편 기슭으로 다가갔다. 그곳의 고요한 나무들은 어스름 속에 선명하게 검은 윤곽을 드러내고 있었다. 강을 건너는 동안 우리 노가 찰싹이며 물살을 가르는 규칙적인 소리와 다른 배에서 들리는 노 젓는 소리가 교대로 서로의 메아리처럼 울렸다. 비록 시야에는 제대로 들어오지 않았지만, 우리가 빠른 속도로 접근하고 있는 강기슭에 사람들이 있음을 감지할 수 있었다. 나무 사이로 군데군데 보이는 불들이 확신을 더해 주었다. 그러나 이미 어두웠기 때문에, 실제로 배를 댄 다음에야 나는 물가에 모여 있던 검은 군중들을 알아볼 수 있었다. 남자, 여자, 어린이, 노인 할 것 없이 많은 사람들이 나무 저편 모닥불들을 뒤로하고 우리를 맞이하러 강가로 나와 서 있었다. 나는 끝없는 말소리와 검은 피부 위에 빛나는 광채로 그들의 존재를 식별할 수 있었다. 내가 상륙하자, 그들은 조심스럽고 점잖게 나를 건드리며 자신들을 드러냈다. 몇 분 지나자 나의 두

경호원들이 사람들에게서 나를 떼어내 다시 팔꿈치를 잡고 서둘러 나무 뒤 모닥불이 있는 구역으로 데려갔다. 이따금 등 뒤에서 빠르게 재잘거리는 소리들 사이로 나를 가리키는 단어가 들려왔다.—데프-기, 데프-기, 데프-기.—억양도 다르고 말하는 사람도 달랐으며 그들이 나누는 길거나 짧은 문장들 중간에 섞여 있는 단어였지만 분명히 알아들을 수 있었다. 두 인디언에게 이끌려, 나는 나무들을 지나 공터에서 타고 있는 불 쪽으로 걸어갔다. 공터 주변으로는 불규칙한 간격으로 지어진 오두막들이 상당히 큰 규모의 단지를 이루고 있었다. 모닥불 근처에서 세 명의 노파들이 한 오두막의 담벼락에 등을 기댄 채로 이야기를 나누고 있었다. 그들은 우리가 다가오는 걸 보더니 대화를 멈추었고 그중 한 명이 내 쪽을 향해 고개를 한 번 끄덕이고는 내 경호원들에게 약간 퉁명스럽게 뭐라고 말했다. 얼굴 표정과 한 손 손가락을 오므려 입가에 가져가는 동작으로 보건대 먹는 행위를 나타내는 것 같았다. 내 일행 중 한 명이 위압적으로 대답했다. 데프-기, 데프-기. 노파들은 그 소리를 듣고 기쁨과 놀람을 표하듯 눈을 휘둥그레 뜨더니, 머리를 흔들며 그 부족의 다른 이들이 나를 맞아주었을 때와 같은 따뜻하고도 정중한 미소를 띠었다. 내 수행원들은 노파들이 있는 건물 뒤편으로 돌아 나를 다른 오두막으로 이끌었다.

누구에게나 인생은 세월이 갈수록 깊어져 가는 외로움의 우물 같은 것이다. 나는 고아이기 때문에 기댈 곳이 없다는 게 어떤 건지 누구보다 잘 알았고, 가족 간의 유대감 따위의 환상을 품지 않으려고 경계해 왔다. 그러나 그날 밤, 그러지 않아도 컸던 나의 고독감이 갑자기 엄청난 크기로 엄습해 왔다. 서서히 깊어지던 우물의 바닥이 갑자기 훅 꺼지면서 그대로 암흑 속으로 굴러떨어진 느낌이었다. 나는 바닥에 엎드려 달랠 길 없이 울었다. 이 글을 쓰고 있는 지금, 펜이 종이를 긁는 소리, 의자가 삐걱이는 소리만이 들리는 고요한 이 밤에, 내 생명은 조용하다 못해 거의 들리지 않는 숨소리로 유지되고, 등잔 밑에서 내 주름진 손이 왼쪽에서 오른쪽으로 검은 자취를 남기며 움직이고 있다. 그리고 나는 문득 깨닫는다. 이것이 실제 일어난 일에 대한 기억이건, 혹은 그저 가벼운 착란 상태가 방금 빚어낸, 과거도 미래도 없는 순간의 이미지일 뿐이건 간에, 낯선 세상에서 길을 잃고 울던 그 아이는 의식하지 못한 새에 자신의 탄생을 목격하고 있는 것이었다고. 우리는 언제 자신이 태어나게 될지 모른다. 어머니가 분만해서 우리가 태어난다는 개념은 순전히 관습적인 것이다. 많은 사람들이 태어나지도 못한 채 죽는다. 어떤 이는 가까스로 태어나고 또 다른 이들은 안 좋은 방식으로—유산되듯—태어난다. 어떤 사람들은 탄생을 거듭하면서 이 삶에서 다른 삶으로 건너가기도 하는데, 만약 죽음이 그들을 훼방하지만 않는다면 끝없는 재탄생을 통해 모든 가능한 세계를 다 경험해 볼 수도 있을 것이다. 마치 영원히 고갈되지 않는 순수와 자유의 샘을 가진 것처럼 말이다. 그 당시에는 깨닫지 못했지만 나는 업둥이였다. 그러니 어머니의 자궁 속 어두운 밤을 막 빠져나온 눈도 못 뜬 피투성이 아기처럼, 나는 울 수밖에 없었다. 나무 너머로부터 큰 강의 자궁 냄새가 높고 빠른 목소리들에 실려 밤새 넘어왔고, 나는 마침내 잠이 들었다.

무언가 따뜻한 것이 닿는 느낌에 잠에서 깼다. 나는 열린 문쪽으로 머리를 두고, 발은 오두막 안쪽으로 향한 채 등을 바닥에 대고 누워 있었다. 뜨거운 아침볕이 얼굴에 고스란히 내리쬐고 있었다. 오랫동안 나는 거기 누워 내가 정말 깬 것이 맞는지 현실을 재구성해 보려고 애쓰다가 마침내 일어나 앉았다. 간밤에 보았던 모닥불들은 사라졌고 해는 이미 높이 떠 있었다. 새들이 노래하고 땅에는 이슬이 맺힌 어느 여름날 아침이었다. 축축한 풀잎 위에서 아침 햇살이 여러 색의 물방울로 부서지면서 내가 머리를 움직일 때마다 찌르는 듯한 빛을 반사했다. 마을에서 나는 여러 소리들이 짙고 균일한 푸른 빛 하늘로 메아리치며 공기 중에 맴돌았다. 나무들 저편으로 사람들이 일하는 모습이 보였지만 그곳으로 가기 전에 나는 간밤에 불을 피운 자리의 잿더미 근처에 서서 잠시 주변을 둘러보았다. 여기저기 오두막이 흩어져 있는 허술해 뵈는 정착지는 육지 안쪽으로 꽤 깊숙이 뻗어 있었다. 나무 사이로 토담과 지푸라기 지붕들이 군데군데 보였다. 물가에서 들리는 소리 외에, 아침의 고요를 깨는 인간의 소음은 없었다. 빽빽한 나뭇잎들 사이로 스며든 햇빛이 땅과 오두막 벽에 고요한 빛의 무늬를 그렸다. 기슭 쪽으로 걷기 시작했을 때, 맞은편에서 나무들 사이로 한 남자가 나타났다. 그는 완전히 벌거벗은 상태로 손에서 팔꿈치까지가 온통 피투성이였다. 그는 나를 보더니 알아들을 수 없는 자기네 부족어로 말을 하기 시작했다. 그는 마치 선원들이 갑판에서 나와 마주쳐 인사를 나눌 때처럼 자연스러운 말투로 얘기를 하다가, 내가 전혀 이해하지 못한다는 걸 깨닫더니 멋쩍은 웃음을 지어 보이고는 오두막들이 있는 쪽으로 가버렸다. 나는 나무들 사이로 계속 걸으면서 되뇌었다. 내가 친절한 사람들과 함께 있는 것은 분명하니 이 아침의 완벽한 평화를 조금은 누려도 된다고. 그러나 나무들을 지나 강가에 위치한 공터에 다다랐을 때, 나는 잠에서 깨자마자 들었던 소음의 원천에 곧바로, 그러나 예상하지 못한 형태로 맞닥뜨리게 되었다.

그곳에서는 일찍 일어난 열다섯 명 정도의 벌거벗은 남자들이 두 그룹으로 나뉘어 두 가지 다른 과제에 몰두하고 있었다. 속도와 정확성은 이 부족의 습성인 듯했다. 첫 번째 그룹은 막대기와 나뭇가지들로 어떤 도구를 만들고 있었는데, 두 번째 그룹에서 하고 있는 작업으로 미루어 짐작건대 그 도구는 세 개의 거대한 석쇠였다. 두 번째 그룹(나무 밑에서 나와 마주쳤던 피범벅에 붙임성 좋은 인디언이 속했을 것이 분명한)은 뼈를 깎아 만든 것으로 보이는 작은 칼들을 들고 바닥에 수북한 나뭇잎들 위에 놓인, 이제는 벌거벗은 내 동료들의 시신에서 노련한 솜씨로 머리를 잘라 내고 있었다. 깔끔하게 정돈된 시체들 중 아직 머리가 붙어 있는 네 구는 질문을 던지는 듯한 눈빛으로 하늘을 올려다보고 있었다. 마침 머리 하나가 작은 뼈칼에 의해 수십 년간 달려 있던 몸으로부터 분리되고 있었다. 한 켠에는 이미 잘려진 다섯 개의 머리들이 흡사 자기들의 턱수염 위에 자리 잡은 듯한 모양으로, 싱싱한 잎사귀 카페트 위에 줄지어 놓여 있었다. 원시적이지만 잘 드는 도끼와 칼을 든 남자 두 명은 참수된 시신을 하복부에서 목까지 갈라 열고 있었다. 이때 한 인디언이, 너무 충격을 받은 나머지 소리조차 못 내고 있는 나를 발견하고는 참수 작업 중이던 손을 잠시 멈추었다. 그는 꾸밈 없는 친절한 미소를 띠고 칼을 쥔 손을 흔들면서 외쳤다. *데프-기, 데프-기.* 그리고는 시체를 가리켰다. 자세히 들여다보고서야 나는 머리 절단 작업 중이던 이 벗은 시신에서 풍기는 이상하도록 멍한 분위기를 알아보았다. 선장이었다. 작업자가 일을 쉽게 하기 위해서 선장의 머리를 자기 무릎에 얹어 놓은 것이 마치 어린아이가 어머니의 무릎을 베고 잠을 청하는 모습처럼 보였다. 내 얼굴 표정이 그들에게는 우스워 보였는지, 첫 번째 시신을 해체하고 있던 인디언이 시체의 뱃속 피 웅덩이에 칼을 꽂으며 몇 마디 하자 그 말을 들은 사람들이 모두 웃음을 터뜨렸다. 그제서야 내 앞에서 무슨 일이 일어나고 있는지 완전히 이해한 나는 뒤돌아서 달아나기 시작했다.

　나는 정신 없이 달렸다. 강변과 마을 나무들로부터 멀리, 무작정, 숨이 너무 차 도저히 더는 뛸 수 없게 되어 헐떡이며 멈춰 설 수밖에 없게 될 때까지 달렸다. 나는 나무에 기대어 섰다가 다시 바닥에 누워, 분노와 탈진으로 어지러운 마음이 가라앉기를 기다렸다. 등을 대고 누운 채로 보니, 나무 꼭대기의 잎사귀들이 햇빛을 받아 반짝이고 있었다. 해는 이미 높이 떠 있었다. 잠잠한 나뭇잎 사이로 하늘이 드문드문 보였다. 나는 생각했다. 내게 일어나는 일들이 바로 나의 삶이다. 이것은 내 인생이고 내게 일어난 일들이다. 인디언들이 내가 달아나는 걸 보고도 무심해 보였던 것은 내가 탈출을 시도할 거라는 생각 자체를 하지 않았기 때문이었다. 이 황량하고 말도 통하지 않는 땅에서 나는 어디로 숨어야 할까? 모든 것이 너무 낯설고 이질적이었다. 나는 이런 생각들을 하다가 근처에서 들리는 아이들의 목소리에 퍼뜩 정신이 들었다. 나는 천천히 일어나 앉아, 조심스럽게 소리 나는 방향으로 고개를 돌렸다. 나는 덤불 사이로 소리 내지 않고 기어가다가 물가에서 아이들을 발견했다.

그곳에는 스무 명 남짓의 여자 이들과 남자아이들이 있었다. 가장 큰 아이래야 열 살도 되어 보이지 않았고 가장 어린 아이는 서너 살 정도로 보였는데, 모두 완전히 발가벗은 채 강둑에서 놀고 있었다. 건강하고 행복해 보이는 아이들이었다. 그들이 하고 있는 놀이는 단순하면서도 이상했다. 먼저 모든 아이들이 강에 나란히, 한 사람 뒤에 또 다른 사람, 이렇게 한 줄로 선 다음, 한 명씩 땅으로 쓰러진다. 그렇게 거기에 죽거나 잠든 듯이 가만히 누워 있다가 줄 맨 끝에 선 아이가 쓰러지면 나머지가 벌떡 일어나 방금 일어난 마지막 아이 뒤로 뛰어가서 서는 것이다. 그러면 게임이 새로 시작된다. 시간이 지나면서 줄은 원 모양이 되었는데, 내가 어린 시절에 보았던 다른 원 게임과 달리, 이 아이들은 가운데를 보고 서지 않고 다른 아이 뒤에 서서 앞의 아이의 어깨에 손을 올렸기 때문에, 줄의 맨 앞에 선 아이가 줄 끝에 선 아이의 어깨에 손을 올리면 원이 닫혔다. 가끔 아무도 땅에 쓰러지지 않은 상태로 줄이 얼마간 곧게 뻗어가기도 했는데, 그러면 어느 시점에서 아이들은 박수를 치며, 웃고 투닥거려가며 흩어졌다가 마치 게임의 일부가 끝났다는 듯 잠시 쉰 후 새로 시작하곤 했다. 어떤 때는 더 복잡한 모양을 만들기도 했는데, 나는 그것이 회전하기 시작했을 때에야 비로소 나선형임을 깨달았다. 그들은 오랜 시간 동안 여러 모양들을 만들었다 풀기도 하고, 웃고 떠들며 흩어지기도 했다. 그러다 마지막에는 모두 강가의 풀밭에 쓰러져 숨을 헐떡이며 조용히 휴식을 취했다. 잠시 후, 많아야 일곱 살도 되지 않아 보이는 한 아이가 자리에서 일어나 무리에서 조금 떨어진 곳으로 가더니, 잠시 고민을 하는 듯하다 돌아왔다. 다시 왔을 때는 마치 모두가 아는 누군가를 흉내 내듯 몸짓과 걸음걸이가 달라져 있었다. 나머지 아이들은 웃고 소리치며 그를 맞았고, 그 환호에 고무된 듯 아이의 몸짓과 풍자하는 걸음걸이가 더더욱 과장되어 가더니 어느 시점부터는 단어나 구절도 말하기 시작했다. 아이들은 그걸 듣더니 머리를 흔들고 소리를 지르며 즐거워했다. 마지막에는 꼬마 연기자가 지쳤는지 관객의 열기가 사그라들었는지, 그 아이가 다시 자리에 앉으면서 모두 조용하고 진지해졌다. 결국 그들은 일어나더니 물가를 돌아 덤불 숲과 나무들을 통과해 마을 방향으로 사라졌다. 나는 잠시 더 그 자리에 머물며 그들이 있었던 빈 공간을 바라보았다. 마치 그들의 떠들썩한 존재가, 형태는 없지만 따뜻한 무언가를 남긴 것 같았다. 그것은 단순한 기쁨을 주는 데서 더 나아가 공기 중에 떠도는 어떤 알 수 없는 위협에 대한 연민까지도 불러일으켰다.

나는 부드럽게 설득당한 듯한 기분에 이끌려 일어나 천천히 마을로 돌아갔다. 나만은 죽지 않을 거라는 젊은이들에게 흔한 믿음도 한몫을 했다. 내 안의 목소리가 아주 나쁜 일은 일어나지 않을 거라고 말해주었다. 그리고 실제로 나무들 사이로 반쯤 가려진 초가지붕이 보이기 시작하고 일을 하느라 분주해 보이는 인디언들과 마주쳤을 때, 그들은 예의 바르고 만족스럽게 나를 맞아주었다. 몇몇은 다가와서 평소처럼 부드럽게 나를 어루만졌고 다른 이들은 내가 오는 걸 보더니 멈춰서서 열정적으로 손짓을 하며 알아들을 수 없는 언어로 높은 톤의 말을 빠르게 쏟아냈다. 물론 영원한 그 단어, '데프-기, 데프-기'도 햇빛이 어룽거리는 그늘 밑에 울려 퍼지고 있었다.

결국 나는 다시 그 강가로 돌아갔다. 다행히 푸른 잎더미 위에 쌓여 있는 해체된 살 무더기에 탐험대 동료들을 연상케 할 만한 것은 더 이상 남아 있지 않았다. 머리들은 다 치워졌고 석쇠들과

장작도 내가 없는 동안 준비가 끝나 있었다. 나는 더 가까이 다가 갔다. 남자들 중 한 사람이 쭈그리고 앉아 끝이 뾰족한 나뭇가지를 두 손바닥 사이에 끼운 다음, 가지의 뾰족한 끝을 마른 잎으로 반쯤 덮은 나무 조각에 대고 숙련된 속도로 비볐다. 몇 분이 지나자 나뭇잎들에서 실 같은 연기가 피어오르기 시작했다. 이윽고 연기는 작지만 안정적인 푸르스름한 불꽃으로 변했다. 이 작업을 지켜보던 다른 이들이 기뻐하며 신중하게 마른 잎과 잔가지들을 커져가는 불꽃 주위로 쌓아 올렸고 불이 제대로 붙자 나무 토막들을 보충하기 시작했다.

불이 커지면서 남자, 여자, 그리고 아이들이 오두막에서 뛰어나와 불꽃을 바라보고 섰다. 몇몇은 고기 무더기를 바라보며 기쁨을 감추지 못했다. 노인과 젊은이, 남자와 여자, 심지어 좀 전에 강가에서 내가 노는 걸 보았던 어린이들마저, 모닥불과 싱싱한 잎사귀 위에 놓인 고기를 보며 단순하면서도 거리낄 것 없는 동일한 기쁨을 느끼고 있었다. 그 찬란한 아침 그들은 안전하고 자족적이며 단단해 보였다. 그들은 마치 자기들에게 맞추어 만들어진 세상 속에서 자신이 유한하다는 사실을 겸허하게 받아들인 대가로 원초적인 기쁨을 맛보는 삶을 살고 있는 것처럼 보였다. 하지만 나는 머지않아 내가 얼마나 잘못 생각하고 있었는지를 깨닫고

흙과 불로 빚어진 듯한 그 몸 안에 감춰진 깊고 어두운 심연을 발견하게 될 터였다.

세 남자가 긴 장대를 이용해 불 한 가운데서 빨갛고 뜨거운 불잉걸을 꺼내어 석쇠 밑에 넣었다. 그들은 손등을 천천히 잉걸 위로 닿을락 말락 스쳐 온도를 가늠했다. 마침내 석쇠가 충분히 달구어졌다고 판단하자, 그들은 고기 조각들을 그 위에 올리기 시작했다. 몸통과 다리들은 요리하기 좋게 잘려 있었지만 팔들은 온전한 모양을 유지하고 있었다. 고기에 검고 작은 검불 같은 것들이 달려 있는 것을 본 나는 그것이 고기를 부주의하게 땅에 끌어잔가지나 마른 잎이 붙은 것일 거라 생각했다. 그러나 가까이에서 들여다보니 그것은 고기를 부주의하게 다루기는커녕 특별히 밑손질을 한 것으로서, 땅에서 묻은 이물질처럼 보였던 것은 음식의 풍미를 돋우고자 허브를 넣어 만든 드레싱이었다. 고기를 석쇠에 올리는 작업은 마치 의식을 치르듯 천천히 행해지면서 더욱 사람들의 호기심을 끌었고 점점 더 많은 수의 인디언들이 주위에 모여들었다. 마치 마을 전체가 이 피 묻은 유해들에 매달려 있는 것 같았다. 요리사들의 손길을 넋을 잃고 바라보는 이들의 반쯤 미소를 띤 것 같은 몽환적인 표정에는—욕망이 바로 충족되지 않을 때 생기는—특유의 집착이 서려 있었다. 충족이 미뤄질수록 갈망

51

은 점점 더 많은 환상을 낳기 마련이다. 고기 앞에 선 인디언들은 석쇠 옆에 쌓인 장작 못지않게 스스로 활활 타오르고 있었다. 일견 비슷해 보이는 이들의 표정 속에서 그들의 탐욕스런 환상의 끝에 입을 벌린 깊은 수렁, 즉 고독이 엿보였다. 그 고독은 마치 도시를 점령한 승전군처럼 그들의 마음 속 가장 어둡고 비밀스런 곳까지 정복한 듯했다. 두세 살쯤 되어 보이는 한 아이가 안아달라고 칭얼거리기 시작했다. 아이는 어머니로 보이는 어떤 여자에게 다가가 다리를 두드렸으나 이내 다정하지만 단호한 손길로 뿌리쳐졌다. 어머니는 지글거리며 익어가는 고기에서 단 한 순간도 눈을 떼지 않았다. 인디언들은 더 이상 내게 평소 같은 존중을 보이지 않았을 뿐만 아니라 아예 내가 보이지 않는 것 같이 행동했다. 내 몸이 어쩌다 시야를 가리면 그들은 기계적인 미소만 형식적으로 던지고는 급히 옆으로 비켜섰다. 물론 그들의 시선은 고집스럽게 석쇠에 집중된 상태였다. 나는 나중에야 깨달았다. 무언가를 욕망할 때 전형적으로 나타나는 그러한 몰입은 일견 사랑하는 대상을 향한 것처럼 보이지만 실은 자기 자신, 즉 스스로 쌓아 올리는 완성될 수 없는 성전을 숭배하는 행위임을 말이다. 그것은 동물적 무아지경 속에서 희망에 닿아 보려는 몸부림이었다.

요리사들만이 그곳에 만연한 황홀경에서 비껴나 있었다. 그들은 계속 장대로 불속의 잉걸을 끄집어내어 석쇠 밑에 신중히 배치하고 있었다. 연기가 눈을 찌르는 와중에도 그들은 얼굴을 고기 가까이 대고 차분하고 주의 깊게 요리의 세세한 부분까지 살폈다. 오래된 숯이 재가 되면 그들은 곧바로 새 불잉걸로 교체했고, 기름방울이 떨어져 불길이 치솟으면 능숙하고 재빠르게 후후 불어 껐다. 온몸이 땀으로 흠뻑 젖은 그들은 석쇠 주변을 천천히 돌며 하나하나 꼼꼼하게 살피다가는 이따금씩 멈춰 서서 모든 걸 아는 듯한 눈으로 이 모든 장면을 관조하곤 했다. 그 현장의 모든 것이 부정할 수 없는 현실이었다. 차분하고 능숙한 요리사들, 불꽃이 장작을 집어삼키는 것처럼 확실히 내면에서부터 서서히 타들어가고 있는 관중들까지. 그리고 그들 주위로 펼쳐진 모래사장의 위, 아래, 옆, 둘레로는 새들의 의미 없는 날갯짓에 흔들리고 있는 나무들과 깊고 푸르고 구름 한 점 없는 하늘, 거칠게 일렁이는 큰 강의 물결, 그리고 서서히 떠올라 이제는 정점에서 이글거리는 그을린 태양이 있었다. 그 밑에서 타고 있는 모닥불은 마치 태양으로부터 떨어진 찰나의 불똥처럼 보였다. 땅과 빈 하늘, 모욕당한 신체, 광란, 그리고 오만하지만 믿음직한 저 위의 영원한 태양. 그 모든 것이 그날 아침 새로 태어난 내 눈에 비친 현실이었다.

나는 강 쪽에서 들려오는 외침 소리에 몽상에서 깨어났다. 큰 카누를 타고 손님들이 도착하고 있었다. 고기를 바라보느라 여념 없던 이들이 환성을 지르며 그들을 맞으러 와자지껄 강가로 달려 나갔다. 새로 도착한 이들은 마중 나오는 사람들에게 들리건 말건 배에서 내리기도 전부터 시끄럽게 떠들고 있었다. 몇 명은 카누에서 거대하고 무거운 항아리들을 내리려 애쓰고 있었는데, 카누가 흔들려서 여러 사람이 매달려도 쉽지 않았다. 나머지는 보트에서 뛰어 내리자마자 마중 나온 사람들에겐 눈길도 주지 않고 뭍으로 뛰어 올라갔다. 때문에 물가에서 석쇠로, 석쇠에서 물가로 이동하는 두 그룹이 인사도 나누지 않고 서로를 지나치는 장면이 연출됐다. 마치 불가항력이기라도 하듯, 새로 도착한 손님들은 고기에, 그들을 맞으러 간 이들은 항아리에 주의를 빼앗겼다. 강가에서부터 뛰어 올라온 열다섯 명 남짓의 인디언들은 요리 앞에 다다르자마자 처음부터 그 자리에 있던 사람들과 똑같이 꿈꾸는 표정으로 서서 거대한 석쇠들을 바라보았다. 한편 카누를 맞으러 나갔던 이들은 항아리들을 나르는 사람들의 발치를 끈덕지게 따라다니며 내용물을 들여다보거나 설레는 마음을 달래듯 자기들끼리 서로 끌어안거나 하며 수선을 떨면서도, 정작 무거운 항아리를 나르며 쏟지 않으려고 무던히 애를 쓰는 운반자들을 단 한 번도 거들지 않았다. 운반자들은 석쇠 앞을 지날 때도 멈추지 않고 그곳의 넋 빠진 관중들에게 한눈을 파는 일도 없이, 오두막들 쪽으로 계속 걸어갔다. 목적지에 도착한 다음에는 운반할 때와 같이 조심스럽게 항아리들을 시원한 나무 그늘 밑에 한 줄로 내려놓았고, 그러고 나서야 그들은 돌아서서 마을 사람들 쪽으로 걸어가 석쇠를 응시하는 무리들 속에 섞여 들어갔다.

불 위에서 구워지고 있는 고기에서 연기가 끊임없이 피어올랐다. 녹은 기름이 방울져 불꽃에 떨어질 때마다 지글거리는 소리와 함께 불길과 연기가 치솟아 올랐고, 그러면 요리사들은 기민하게 몸을 굽혀 장대로 장작을 헤집었다. 석쇠 주변에 모인 군중이 얼마나 조용히 집중하며 침묵했는지 오로지 고기가 익고 장작이 타는 타닥타닥 소리만 들렸다. 짙은 연기 기둥이 공기 중으로 서서히 퍼지면서 강한, 그러나 기분 좋은 고기 냄새가 풍기기 시작했다. 요리가 진행됨에 따라 고기는 더욱 인간임을 알아보기 어려워졌다. 피부가 갈색으로 구워지면서 터진 틈으로 기름을 머금은 불그스름한 육즙이 배어나왔다. 새까맣게 탄 부분에서는 살점이 부서져 가루가 되어 떨어졌고 불에 쪼그라든 손과 발은 이제 더 이상 인간의 사지라고는 보기 어려운 모습이었다. 무심한 관찰자가 보았다면 분명 정체를 알 수 없는 동물의 사체라고 생각했을 것이다.

물론 나라고 이런 이야기를 하는 것이 쉽지는 않다. 부디 독자는 내가 지금부터 하는 말에 충격 받지 말아주었으면 한다. 그 후 몇 분간, 나는 그 알 수 없는 동물의 맛을 보고 싶다는 강렬한 욕망에 사로잡혔다. 다행히 거기에 굴복하지는 않았다. 그것은 유혹적인 냄새나 누적된 허기 때문이었을 수도 있으나(인디언들이 준 과일 조금 외에 전날 밤 이후로 아무것도 먹지 못했으니), 축제 분위기 때문이었을지도 모른다. 영원한 이방인인 나로서는 이번에마저 소외당하고 싶지는 않았다. 인간을 이루는 모든 것 중 가장 연약한 것은 보다시피 바로 인간성 그 자체이다. 그것은 인체를 구성하는 뼈대만큼이나 너무나 단순하고 변치 않는 사실이다.

나는 움직이지 않는 인디언들 사이에 똑같이 움직이지 않고 서서 그들과 마찬가지로 익어가는 고기를 뚫어지게 노려보았다. 모든 장면 위로 환히 내리쬐는 정오의 태양 밑에, 나는 몇 분 동안이나 그렇게 서 있다가 깨달았다. 아무리 침(아니면 두려움이나 구역감일지도 모르는)을 열심히 삼켜도 내 의사와 상관없이 입안에 계속 침이 고이고 있다는 것을.

요리가 진행되는 동안 온 부족 사람들은 석쇠 주위에 반쯤 미소 띤 넋 나간 얼굴로 꼼짝 않고 서서, 짙게 피어오르는 연기 기둥 속에서 노릇노릇 익어가는 고기를 바라보고 있었다. 나는 사람들이 꼼짝도 하지 않고 완전히 몰입하여 서 있는 사이로 걸어 다니며, 마치 조각상을 감상하듯 그들을 자세히 관찰했다. 어떤 이들은 그나마 성의를 보이려는 듯 눈은 고기를 보면서도 내 쪽으로 짧고 어색한 손 인사를 보냈지만, 딱 한 사람이 내가 자꾸 어슬렁거리는 것이 거슬렸는지 뭐라 중얼거리면서 짜증난 눈빛을 던졌다. 나는 이 벌거벗은 몸들과 한낮의 해가 모래밭에 새긴 그들의 일그러진 그림자들 사이를 오래 걸었다. 마침내 완벽에 가까운 침묵을 깨고 요리사들 중 한 사람이 큰 소리로 뭐라 외쳤다. 분명 사람들을 불러 모으는 소리였다. 이에 군중 사이에서 소란이 벌어지더니 모두 흥분하여 앞으로 달려 나가 요리사들 근처의 좋은 자리를 차지하려고 서로 밀면서 석쇠 둘레를 빙빙 돌기 시작했다.

축제가 임박할수록 그들은 더욱 몸이 달았다. 석쇠 주변에 있는 사람들이 무심결에 하는 행동에 초조함이 내비쳐졌다. 어떤 이들은 어린아이처럼 계속 한쪽 발에서 다른 발로 체중을 옮겨가며 종종거리고 서 있는 것이, 마치 자신의 몸무게조차 거추장스러운 듯했다. 어떤 이들은 예민해져서는 옆 사람이 스치기만 해도 거칠게 밀치는 것으로 응수했다. 등이나 머리, 겨드랑이, 성기를 화풀이하듯 긁어대는 사람도 많았다. 어떤 사람들은 한 발로 서서 다른 발 발톱으로, 버티고 선 다리의 검은 근육질 종아리를 피가 나도록 긁어댔다. 나는 멀리서 지켜보느라 겨우 군중의 가장 바깥쪽 원만 볼 수 있었는데, 사람들이 너무 빽빽이 밀집해 있었기 때문에 한 사람의 작은 움직임 하나에도 마치 돌멩이가 물에 던져져 파문을 일으키듯 그 진동이 전체로 퍼져 나갔다. 그래서 석쇠에 가장 가까운 원에 있던 사람들이 갑자기 움직이기 시작하자 온 무리가 일제히 출렁이기 시작했다. 모두가 석쇠에 조금이라도 더 가까이 다가가려는 충동에 따라 움직이고 있었기 때문에, 고기를 배급받은 첫 번째 줄 사람들은 밖으로 빠져나오려고 애를 쓰면서 무리 전체의 흐름과 부딪히고 있었다.

처음으로 원에서 빠져나온 사람은 부족의 다른 이들과 마찬가지로 윤기가 흐르는 검은 피부를 가진, 나이를 가늠할 수 없는 남자였다. 다른 이들과 똑같은 긴 생머리에 근육질 팔 다리를 지녔고 다리 사이에는 존재를 잊힌 듯한 성기가 축 늘어져 있었다. 성긴 음모 외에 온몸이 털 한 올 없이 매끈했다. 그가 손을 델까 걱정될 정도로 고기 조각을 꼭 쥐고 있는 모습은 우스꽝스럽기까지 했다. 남자는 고개를 숙이고 홀린 듯 고기를 들여다보고 있다가 잠시 머리를 들더니 앉을 자리를 찾아 주위를 두리번거렸다. 그리고 이내 나무 그늘 아래에, 마침 보관 중이던 항아리들에서도 가까운 적당한 자리를 발견하고는 나무줄기에 등을 기대고 앉아 먹기 시작했다.

　남자는 첫입을 베어 물기 전에 믿을 수 없다는 듯한 표정으로 고기 덩이를 들고 한참을 감상했다. 마치 너무나 강한 열망이 실현된 이 현실이 믿기지 않는 듯한 모습이었다. 그러더니 고기의 부정할 수 없는 실체에 설득당한 듯 그것을 먹기 시작했는데, 한 입한 입이 그의 식욕을 가라앉히기는커녕 더욱 자극하는 듯 보였다. 그가 고기를 베어 무는 간격이 점점 짧아지더니 고개를 어찌나 빨리 까딱이는지 고기를 이를 사용하여 뜯는다기보다는 집요하게 쪼는 것처럼 보였다. 반복해서 고기에 입을 갖다 대어도 입안이 이미 다 씹지 못한 고기로 가득했기 때문에 그는 정작 매번 실오라기 같은 작은 살점밖에 뜯어내지 못했다. 본인도 어쩌지 못할 너무나 강렬한 식욕은 이 전리품에서 마땅히 얻을 수 있었을 쾌락마저 소거해 버렸다. 정작 먹히는 고기보다도 그가 더 희생자 같아 보였다. 희생된 고기들은 이미 모든 불안에서 놓여났으나 그는 그렇지 못했기 때문이었다. 나는 다른 이들에게로 시선을 돌렸다. 맹렬한 태양빛에 비친 그 현장에서 나는 즉각적으로 동물 사체에 들러붙은 개미떼들의 흥분한 움직임을 떠올렸다. 매듭처럼 단단하게 서로 엉킨 육체들이 흥분과 불안으로 팽팽해져서는 석쇠를 겹겹이 둘러싸고 있었다. 인파의 중심부에서 떨어져 있는 개인들은 고기 조각을 찾아 배회하고 있었고, 고기를 손에 넣은 이들은 요리사 주변에 몰려 있는 빽빽한 군중들에게서 떨어져 나와 외따로 조용히 식사하러 나무 밑으로 향했다. 그들의 잰걸음, 다른 개체와 마주쳤을 때 머뭇거리다 길을 비키는 방식, 석쇠 주변을 오가는 빈번하고 조급한 움직임까지 모든 면이 개미들과 비슷했다.

인디언들은 걸신들린 듯 고기를 탐하면서도 어느 한 사람 그것을 제대로 즐기고 있지 못하는 것 같았다. 마치 죄책감이 욕망의 형태로 가장하여 그들을 덮친 것 같았다. 그들이 고기를 먹는 동안 아침의 명랑한 분위기가 엄숙한 침묵으로, 거기서 침울한 우울감으로 점차 바뀌어 갔다. 그들은 어둡고 바닥을 알 수 없는 생각 속으로 빠져들면서 점점 더 씹는 속도가 느려지고 주의도 산만해졌다. 가끔 씹다 만 고기로 한쪽 볼이 불룩한 채, 먹는 걸 멈추고 나무에 기대어 오랫동안 허공을 바라보고 있기도 했다. 마치 축제가 그들 사이를 서서히 이간질하고 있는 형국이었다. 인디언들은 각자 고기를 한 점씩 손에 쥐고는 혼자만의 세계에 갇혔다. 그들은 마치 먹잇감을 움켜 쥔 맹수들처럼 무리의 다른 이가 낚아챌세라 은밀한 식사 자리를 찾아 외따로 떨어져 나갔다. 어쩌면 그들이 손에 넣고 싶어 불가에서 실랑이를 벌였던 그 고기의 본질이, 그들의 내면에 수치심, 거리낌, 공포의 감정을 불러 일으켰을지도 모를 일이었다. 때로는 나무 아래나 강가의 너른 모래밭 위에 가족처럼 보이는 그룹이 모여 있는 모습도 보였다. 노인과 성인, 아이들로 구성된 이 그룹들은 다른 이들과는 멀리 떨어져 있었고 한 그룹도 빠짐 없이 노인이나 어른 중 한 사람이 고기 조각들을 배분해 주었다는 공통점이 있었다. 그러나 그들도 비록 한데 모여 앉아 있기는 했으나 자기 몫의 고기를 받자마자 각자 어두운 침묵 속으로 빠져들었다. 이 점에는 어린아이까지 예외가 없었다. 어떤 이들의 얼굴에는 황홀한 표정과 동시에 혐오의 감정도 떠올랐다. 그것은 고기 자체가 아니라 그것을 먹는 행위에 대하여 느끼는 혐오였을 것이다. 어쨌든 그들은 한 조각을 다 먹자마자 뼈까지 쪽쪽 빨아 발라먹고는 서둘러 더 받으러 가곤 했다. 그들이 고기를 맛있게 먹은 것은 분명했다. 그러나 그것을 먹는 그들의 내면에는 의심과 혼란이 차올랐다.

태양은 정점을 지나고 있었다. 햇빛 아래 땀에 젖은 몸들이 검게 번들거리고 큰 강의 느린 물이 반짝이는 가운데, 주변에 보이는 사람들은 모두 고기를 씹고 있었다. 오직 요리사들만이 그 식탐의 열기에서 벗어나 있었다. 그들은 차분하고 냉정한 눈으로 남은 고기와 불을 지켜보고 있었다. 손님들이 제 갈 길로 흩어지고 더 이상 석쇠 주변이 뒤엉킨 몸들로 붐비지 않은 덕에 나는 마침내 요리사들이 일하는 모습을 자세히 볼 수 있었다. 그들은 뼈로 만든 칼을 이용해 커다란 고깃덩어리들을 잘게 잘라 두 번, 세 번 더 달라며 다가오는 이들에게 나눠주고 있었다. 요리사들의 평온한 표정을 보고 나는 그들이 고기를 전혀 먹지 않았다는 것을 알았다.

식사는 몇 시간이고 이어졌다. 먹는 속도가 그렇게 빠른데도 만찬이 지연된 이유는 고기를 더 받기 위해 줄을 서거나 나무 아래 모여 고기를 나눠 갖는 데 시간이 걸렸기 때문이었다. 그밖에도 그들이 뼈에 남은 마지막 살점까지 집요하게 발라먹거나 이미 배가 부른 상태에서도 몇 입 더 삼키려고 한없이 시간을 끌며 씹어댔던 것도 시간을 잡아먹은 또 다른 이유였다. 어떤 이들은 한동안 쉬며 먹은 것을 소화시키고 난 다음, 다시 고기를 받으러 가기도 했다.

모두가 만족스러워 보일 때쯤, 일종의 나른함이 나무 아래 늘어진 몸들을 덮쳤다. 그때, 초가지붕 오두막들 뒤편에서 한 인디언이 나타났다. 친절한 태도로 보아 그는 고기를 먹지 않은 것이 분명했다. 그는 급하지도 강압적이지도 않은 손짓으로 내게 따라오라는 신호를 보냈다. 우리는 숲을 가로지르고 몇 채의 오두막을 지나 두어 그루의 나무가 자라고 있는 작은 공터에 도착했다. 오두막들로 둘러싸인 그 공터에서 소수의 인디언들이 차분하고 조용히 생선을 굽고 있었다. 그들은 나를 향해 기쁜 표정으로 '데프-기, 데프-기'라고 말하더니, 나더러 먹으라는 듯이 손가락을 오므려 입으로 가져가는 몸짓을 했다. 그 장면은 고작 몇 분 전 물가에서 보았던 광경과 뚜렷하게 대비되었다. 이들이 식사를 준비하는 그 편안하고 자연스러운 모습과 소박한 음식, 그리고 나를 식사 자리에 초대하는 너그럽고 어른스러운 태도를 보고 나는 잠시 두 그룹이 같은 부족이 아닐 거라고 생각했다. 그러나 차츰 나는 이들의 얼굴을 알아보았다. 바로 강가에서 시체를 자르고 있던 사람들이었다. 그리고 그 부족의 관습을 알게 된 한참 나중에서야 깨닫게 된 사실이지만 이들이 바로 선장과 내 동료들을 죽인 그 화살을 쏜 사람들이었다.

나를 초대한 인디언들은 내가 먹는 모습을 기쁘고 흡족하게, 거의 애정이라고까지 할 수 있을 법한 시선으로 지켜보았다. 그들은 세심하고 관대하면서 부담스럽지 않은 태도로 내게 더 먹으라고 권했다. 평화로운 오후 시원한 나무 그늘 아래서 이 소박한 사람들은 가끔씩 다정한 한마디씩을 주고받으며 평온한 순간을 나누고 있었다. 강가에 흩어져 있던 사람들이 용광로 속의 시뻘겋게 달궈진, 형태도 가치도 없는 검은 원석 조각이라면, 이들은 그로부터 제련되어 나온 단단하고 둥근 귀금속 메달과도 같이 느껴졌다. 식사가 끝나자 사람들은 신속히 불을 끄고 주변을 청소한 다음, 내게 특유의 빠르고 높은 목소리로 정중하게 작별 인사를 건네고는 자리를 떴다. 일부는 강가로, 일부는 뒤편의 덤불숲으로, 또 다른 일부는 공터를 에워싼 오두막들 안으로 사라졌다. 그늘 밑에 홀로 앉아 있노라니, 쨍한 햇빛 속 고요한 대기를 뚫고 강 쪽으로부터 말소리와 소음들이 들려왔다. 나는 일어나 강가로 향했다.

석쇠 근처에서 두 남자가 얼굴을 닿을 듯 가까이 대고 언쟁을 하고 있었다. 그들은 험악한 눈빛을 교환하고 다시는 안 볼 것처럼 등을 돌렸다가도 바로 뒤돌아 다시 이마가 부딪힐 정도로 다가붙었다. 그들의 새된 목소리가 분노로 더욱 날카롭게 갈라졌다. 마침내 그들은 입을 다물었지만 여전히 가까이 서서 숨을 몰아쉬며 서로를 노려보고 있었다. 두 사람의 그림자가 반쯤 포개진 채 노란 흙바닥 위로 나란히 누웠다. 그들의 적의를 띤 얼굴에서 미움과 경멸, 임박한 싸움이 읽혔다. 가장 놀라운 것은 그들을 지켜보는—실제로 지켜보는 사람이 있었는지 모르겠지만—부족 전체의 무반응이었다. 대다수는 두 싸움 당사자들을 쳐다보지도 않았다. 특히 요리사들은 의도적으로 그들을 무시하는 것처럼 보였다. 그들은 고개를 반대 방향으로 돌리고 손에 든 장대에 몸을 기댄 채 강 쪽만 하염없이 바라보았다. 마치 모래사장에서 일어나는 일에는 신경 쓰지 않기로 결심한 듯, 어쩌면 이 모든 상황을 너무도 잘 알고 있으면서 나는 모르는 어떤 이유로 일부러 모르는 척하고 있는 듯 보이기도 했다. 부족의 다른 이들은 졸음에 취해 두 남자를 멍하니 바라보거나 아예 그들의 존재를 인식조차 하지 못하는 듯했다.

식사는 이미 끝났고, 이가 없는 노인이나 아기들 같은 극소수만이 멍하니 뼈를 빨고 있었다. 석쇠 위에는 아무것도 남아 있지 않았다. 한 남자가 공터를 가로질러 와서 손에 든 뼛조각들을 불 속에 던져 넣었다. 요리사들은 꼼짝도 하지 않고 장대에 몸을 기댄 채 그를 쳐다보지도 않았다. 말싸움을 하던 남자들은 조용히 등을 돌리더니 반대 방향으로 걸어가 군중 속으로 사라졌다. 그곳의 사람들은 모두 식곤증으로 깊은 나른함에 빠져 있었다. 일부는 바닥에 배를 깔고 엎드렸고 일부는 눈을 감은 채 금방이라도 쓰러질 것 같은 모습으로 서 있었다. 어떤 이들은 나무 위로 올라가 울퉁불퉁한 가지 위에 몸을 편히 뉘어보려 뒤척였다. 그러나 그들의 졸음은 달콤한 잠이 아닌 악몽에 가까워 보였다. 얼굴에는 그들을 끈질기게 괴롭히며 잠 못 들게 하는 환영이 드러나 보이는 듯했다. 그들은 눈썹을 찡그린 채 눈알을 굴리다가 가운데로 모으기도 하면서 주위를 게슴츠레한 눈으로 두리번거렸다. 그들의 몸은 움직이지 않고 가만히 있었지만 유독 발가락만이 몸이 감추려 했던 어떤 사실을 폭로하듯 발작적으로 꿈틀거렸다. 그들의 모든 주의는 자신들의 몸 안에서 일어나는 일에 쏠려 있었다. 자신들이 먹은 것들이 즉시 어떤 결과를 보여주기를 기다리는 듯하기도 했고, 음식물이 한 점 한 점 몸속에서 움직이는 경로를 관찰하는 것처럼도 보였다. 그들은 음식을 먹고 일정 시간이 흘러도 끔찍한 일이 벌어지지 않는 걸 확인하고서야 발 뻗고 자신들의 수치스러운 불안감을 내려놓을 수 있다고 믿는 것 같았다. 마치 자신들 몸속에서 올라오는 태고의 소리에 귀를 기울이고 있는 듯한 모습들이었다.

한낮이 지나자 사람들이 조금씩 뒤척이며 몸을 일으키기 시작했다. 그들은 눈을 끔뻑이며 몸을 일으켜 기지개를 켜더니, 강 쪽으로 달려가 모래사장 위에 다시 드러누웠다. 그들의 뛰는 모습조차도 기운이 없이 어설펐다. 아침까지만 해도 그토록 활기찼던 아이들마저도 귀찮아서인지 기분이 나빠서인지 느릿느릿 움직였다. 한 무리의 인디언들이 나무 밑에 놓인 항아리들 쪽으로 가더니 멀찍이서 호기심 어린 눈으로 기웃거렸다. 발끝으로 서서 목을 길게 빼고 내용물을 들여다보려 하는 사람들이나 과장되게 조바

심을 표현하는 이들도 있었지만, 다들 신중하고 조심스러운 기색이었다. 차츰 부족 전체가 항아리 주변으로 몰려들었는데, 약간은 거리를 둔 덕에 항아리가 놓인 나무 그늘 주변으로 원 모양으로 빈 공간이 생겼다. 인디언들은 초조함을 이기지 못해 발을 동동거리면서 항아리를 지켜보고 서 있었다. 아무도 마주보거나 입을 떼지 않았고 이따금씩 발돋움을 하고 나무 너머로 오두막 방향을 바라보기만 할 뿐이었다. 삼십 분쯤 지나자 사람들 사이에서 만족스러운 듯한 웅성임이 일었다. 내게 생선을 함께 먹자고 청해주었던 남자들이 작은 그릇들을 포개어 들고 오두막에서 나와 우리 쪽으로 내려오고 있었다. 항아리를 에워싼 사람들이 안쪽으로 한층 가까이 다가섰다. 남자들은 모인 사람들을 뚫고 들어가 항아리 옆 바닥에 그릇을 내려놓고는 아무 말 없이 항아리 속 내용물을 그릇에 퍼담아 군중들에게 나눠주기 시작했다.

그것은 분명 술 종류였다. 그 음료를 마신 사람들에게서 빠르게든 느리게든 변화가 나타나기 시작했다. 몇 모금만으로도 눈빛이 생기를 되찾고 얼굴 표정이 환하게 활기를 띠었다. 그들은 고기를 먹으며 빠져들었던 어두운 자기 침잠에서 벗어나 마침내 자신에게서 풀려나기 시작한 듯 보였다. 짧고 다정한 단음절 말들이 오갔고 간간이 웃음도 터졌다. 잔이 비어갈수록 말수도 늘어갔고 서로 이야기나 농담을 주고받는 가운데 옹기종기 작은 무리들이 생겼다. 한 사람이 무언가를 말하면 다른 이들은 기분 좋게 집중하며 귀를 기울였고 이야기가 끝나면 서로 장난스럽게 쿡쿡 찌르며 웃음을 터뜨렸다. 흥겨운 분위기가 눈에 띄게 무르익어가고 있었다. 한낮에 비해 순해진 햇살이 나뭇잎의 가냘픈 초록빛을 하늘로 다시 반사해 보내고 있는 가운데, 사람들의 그러한 모습을 지켜보고 있자니 기분이 이상했다. 그들은 식사 중에 바닥 없는 수렁으로 굴러떨어졌다가 이제 다시 기어오르는 것처럼 보였다. 그들이 시끄럽게 떠드는 소리는 공중으로, 나뭇잎을 투과한 노란 빛 속으로 흩어졌다. 고기를 먹을 때와 마찬가지로, 그들은 몇 번이고 항아리로 되돌아가 그릇을 채우고는 그 안의 술을 단숨에 들이켰다. 그들은 희열감에 들뜬 나머지 때때로 사람의 말이라기보다는 동물의 울음에 가까운 소리를 냈다. 그들의 몸이 팽팽하고 꼿꼿해졌다. 가슴 근육은 팽창했고 고개는 들렸으며, 식사 후 줄곧 힘이 빠진 채 늘어져 있던 팔과 다리도 다시 단단해져 근육과 힘줄이 불거졌다. 피부도 한층 더 매끄럽고 부드럽고 탄탄하며 건강해 보였다. 여자들의 가슴도 마치 꽃이 피어나듯, 조용히 그러나 눈에 띄게 부풀어 오르고 있었다.

급격히 고조된 흥분이 터질 것 같은 육체와 한데 어우러져 그들 몸속에서 만조가 된 바닷물처럼 차올랐다. 그것은 곧 다가올 격정의 순간을 예고하고 있었으나 그 순간이 지나가고 나면 그들은 다시금 홀로 남아 자기 자신이라는 감옥에 갇히게 될 것이었다. 나는 무엇보다 그들의 나체가 신경 쓰였다. 바로 얼마 전까지만 해도 더없이 자연스럽게 여겨졌던 몸들이었는데, 지금은 왜인지 자꾸만 신경에 거슬렸다. 그때까지 그들의 몸은 무시되고 방치된 당당하고 다부진 건강체 정도로만 느껴졌다. 그러나 술이 효력을 발휘하면서부터, 그들은 자신들의 벗은 몸을 뽐내듯 어슬렁거리며 다른 이들의 시선을 의식하기 시작했다. 지금까지 존재감이 거의 없던 성기들이 꿈틀대기 시작했다. 남자들은 자기 성기를 산만하게 만지작거리거나 팔을 떨어트리는 척하면서 스치듯 건드렸다. 여자들은 인위적으로 엉덩이가 더 강조되는 자세로 고쳐 섰다. 몇몇은 자기 몸을 쓰다듬으면서 다른 이들의 벗은 몸을 조용히, 집요하게 응시하며 상대가 같은 반응을 보이길 기다렸다. 그러는 동안 그들이 항아리로 왕복하는 움직임이 점점 격렬해졌다. 몇 시간 전까지만 해도 그들이 안간힘을 쓰며 귀 기울여야 했던 그들 몸속 태고의 소리가 이제는 고함이 되어 터져 나오고 있었다.

내게 생선을 권했던 남자들은 본인들은 마시지 않으면서 언제나처럼 성실하고 신속하게 술을 나눠주고 있었다. 그들은 대화에

끼려 하지도, 음료를 공정하게 배분하기 위한 규칙이나 순서를 정하려는 시도도 하지 않았다. 누구든 마음만 먹으면 그들 곁에 서서 다섯 잔이고 여섯 잔이고 받아 마실 수도 있었고 스스로 자기 잔을 원하는 만큼 채울 수도 있었다. 술을 퍼 주는 남자들은 이러나저러나 관심 없어 보였다. 부족 전체가 흥분으로 달아오르고 있는 와중에도 그들은 냉정해 보였다. 그들은 마치 나머지 사람들과 별개의 세계에 속한 것처럼 냉담하고 무심해 보였다. 사람들이 그들에게 말을 걸 때는 술을 더 달라고 할 때뿐이었는데, 그나마도 대다수는 말없이 그저 그릇을 명령하듯 내미는 것에 그쳤다.

한낮의 태양처럼 인디언들의 흥분도 정점에 다다랐다. 무엇인가가 그들의 모든 몸짓과 움직임, 심지어 웃음까지도 지배하기 시작했다. 부족 전체가 저항하기 힘든 감정에 사로잡혀 요동치고 있었다. 남자들이 자기 성기에 손을 스치는 것이 처음에는 그저 우연처럼 보였으나 이제 그들은 대화 중에 그것을 손바닥으로 감싸 쥐거나 심지어 문지르기까지 했다. 그러던 중, 대화 내내 집중하지 못하고 들떠 보이던 한 젊은 여자가 같이 이야기하던 사람들을 두고 한쪽 옆으로 뛰쳐나왔다. 그녀는 공터 한가운데에 다리를 단단히 벌리고 서더니, 눈을 게슴츠레 뜨고 상체를 천천히 물결 치듯 움직이기 시작했다. 그녀가 스스로 자신의 윤기 흐르는 피부를 쓰다듬는 가운데 몸이 쾌감으로 빳빳하게 경직됐다. 처음에는 아무도 그녀를 눈여겨보지 않았다. 여자는 자신의 둥글고 검은 가슴을 양손에 모아 쥐고는 혀에 닿도록 밀어 올리려 했지만 실패했다. 뜻대로 되지 않자 그녀는 애가 타서 까치발을 했는데, 몸 전체가 함께 움직이면서 가슴과 입 사이의 거리는 그대로일 뿐이라는 걸 모르는 것 같았다. 그러나 그 본능적인 움직임은 그녀의 몸을 더 늘씬해 보이게 했다. 근육이 재정렬되며 엉덩이가 더 동그랗게 조여들고 엉덩이와 다리가 만나는 지점에 작은 보조개 같은 홈이 파였다. 유두에 혀가 닿지 않음에도 그녀는 단단하고 뾰족한 붉은 혀를 열심히 입 밖으로 날름거렸다. 그러다 결국 어떻게 해도 가슴과 혀가 만나지 못할 거라는 것을 깨닫고는 울부짖기 시작했다. 그녀는 자기 가슴을 들여다보면서 그것을 절망적으로 움켜쥐고 둥글게 돌렸다.

그 모습을 지켜보던 체구가 작은 근육질 남자 하나가 그녀 곁으로 다가왔다. 작고 미끈한 성기가 바짝 성이 나서 배를 누르고 있었다. 여자는 여전히 우는 소리를 내며 혀를 유두에 닿게 하려고 애쓰느라, 남자의 접근을 의식하지 못했다. 남자는 그녀의 뒤쪽으로 천천히 다가가 잠시 지켜보다가는 뛰어들듯 그녀에게 바짝 붙었다. 발기한 성기가 그녀의 볼록 튀어나온 단단한 엉덩이

골 사이로 사라졌다. 그는 팔을 앞으로 뻗어, 가슴을 움켜쥔 그녀의 손에 자기 손을 힘주어 포개었다. 몸이 갑작스레 흔들리는 중에도 여자는 여전히 울부짖으며 같은 자세를 유지하고 있었다. 그녀의 표정이나 행동 어느 것을 보아도 자기에게 매달린 작은 근육질 몸을 알아차린 것 같지는 않았다. 남자는 턱을 여자의 어깨뼈 사이에 박은 채, 몸을 앞으로 밀어 그녀를 엎드리게 하려 안간힘을 썼다. 분명 그녀의 엉덩이 사이에서 길을 잃은 성기를 삽입할 심산이었다. 그러나 여자의 몸은 여전히 뻣뻣한 채, 다리를 벌리고 엉덩이는 내민, 손은 가슴을 쥐어짜듯 밀어 올리면서 혀는 끊임없이 낼름거리는 자세 그대로였다. 그녀가 알 수 없는 소리를 질러대면서 혀를 낼름거리는 동안 입술 가장자리로는 침인지 무엇인지 알 수 없는 투명한 실 같은 액체가 흘러내려 턱을 따라 평행한 자국을 남겼다. 남자는 분노에 가까운 감정에 휩싸여 그녀의 튀어나온 두 어깨뼈 사이를 턱으로 보람 없이 찍어 누르고만 있었다. 그는 자신보다 더 큰 여자의 몸에 자기 몸을 빈틈 없이 밀착하며 집요하게 밀어붙였으나, 결국 그녀는 팔을 펼치면서 몸을 세차게 털어 남자를 떨쳐냈고, 예상치 못한 동작에 남자는 모래 바닥 위로 나가떨어졌다. 황홀경으로부터 빠져나온 여자는 경멸스런 표정을 짓고는 뒤도 돌아보지도 않고 조용히 나무들이 우거진 숲속으로 사라졌다.

남자는 누운 채로 멍하니 그녀가 사라진 자리를 바라보고 있었다. 방금 벌어진 일이 그에게 특별히 수치심이나 모욕감을 안긴 것 같지는 않았다. 조금 전까지만 해도 그토록 간절하게 서 있던 그의 음경은 벌써 쪼그라들어 다리 사이로 사라진 상태였다. 그의 초점 없는 시선은 산만하게 나무들 사이를 배회했다. 방금 전까지만 해도 그녀는 마치 나침반 바늘을 당기는 북쪽의 자성처럼 그를 끌어당기는 존재였지만 그뿐이었고, 이미 남자의 머릿속에서는 지워진 상태였다. 심지어 나조차도 그녀가 실제로 존재했는지 확신할 수 없다. 한낮의 빛은 너무나 투명하고 적나라해서 외설적이었고, 그녀는 그 빛 가운데 등장해서 기이한 공연을 펼쳐 보이고는 비웃듯 군중 속으로 사라졌다. 사라진 지 고작 이삼 분만에 그녀의 존재는 환상처럼 흐릿해졌고 그 점은 60년이나 지난 지금도 별반 다르지 않다. 나는 지금 촛불 아래에서 노쇠한 손을 움직여, 기억이 멋대로 보내오는 (어디서 비롯되었는지도, 왜 다시 떠오르는지도 알 수 없는) 이미지들을 펜 끝으로 더듬어 그려내려 애쓰고 있다.

촛불이 깜박일 때마다 흰 벽에 비친 내 그림자가 흔들린다. 창문은 고요한 새벽을 향해 열려 있고 오직 들리는 소리라고는 펜촉이 종이를 긁는 소리, 의자가 삐걱이는 소리, 또는 저린 다리가 책상 밑에서 움찔거리며 내는 소리뿐이다. 글자로 채워진 종이들이 한 장씩 포개질 때마다 특유의 바스락거리는 소리가 텅 빈 방 안에 울려 퍼진다. 내가 지나온 모든 시간들은—내가 꿈과 헷갈린 것이 아니라면—파도처럼 끊임없이 현재에 밀려와 부딪힌다. 주기적으로 떠오르는 기억들이 이 두터운 현재라는 벽에 간혹 작은 균열을 낸다 해도 그 틈으로 스며 나온 것들은 마치 땅 밖으로 나온 용암처럼 그 자리에 말라붙어 버리고, 곧 묵직한 현재가 반복적으로 밀려와 그 균열마저 메운다. 종이는 다시금 할 말을 잃고 매끄러워진다. 마치 다른 세계에서 온 그 어떤 이미지도 닿은 적이 없었다는 듯. 내가 숨 쉬는 공기만큼이나 손에 잡히지 않고 희미한 그 불확실한 '다른 세계'가 바로 내 인생이었을 것이다. 그럼에도 때로 그 장면들이 내 안에서 너무도 강렬하게 솟아올라, 현재의 단단한 벽이 사라지면서 내가 두 세계의 경계에 위태롭게 서 있는 것처럼 느껴질 때가 있다. 두 세계 사이에 놓인 신체라는 얇은 경계가 투과성을 띠며 투명해지고, 나는 지금, 바로 이 순간 다시 그 광활한 반원형의 강가에 서 있다. 벌거벗은 작고 단단한 몸들이 눈앞을 가로지르고, 부드러운 모래는 뭉개진 발자국들로 어지럽다. 강물에 실려온 찌꺼기들, 그을린 장대 끄트머리 따위가 여기저기 널려 있는 그곳엔, 우리의 경험 너머에 존재하는 눈에 보이지 않는 무언가도 있다.

인디언들 사이에서 일종의 소란이 일고 있었다. 그들의 몸 안에서부터 일어난 소요가 나뭇잎 사이 공기 중에 감돌았다. 그 은근하고 조용한 소란은 공간 전체를 채우고 강가를 수놓은 나무들로, 그리고 긴 푸른 그림자가 드리우기 시작한 모래사장으로 서서히 퍼져 나갔다. 긴장한 사지와 괄약근, 땀구멍들이 일제히 속닥였다. 여기에 한 번도 뱉어지지 못한 소리 없는 한숨과 금지된 욕망을 향한 끈질긴 집착의 악취가 더해졌다. 이 숨 막히는 욕망들은 본디 축축하고 바닥 없는 영혼의 심연에 버려져 억압된 채 썩어갈 것들이었으나, 지금 여기 그들의 몸속에서 마치 차갑고 은밀한 불꽃처럼 그들의 내면을 태우면서 의식하지 못하는 사이에 그들을 서서히 죽음으로 몰아가고 있었다. 인디언들은 나른한 시선을 교환하는 단계에서 곧바로 노골적인 애무로 넘어갔다. 누군가 쉬겠다는 듯 땅에 몸을 눕히며 옆 사람을 끌어당기면 함께 있던 이들은 저항 없이 그 흐름에 휩쓸려 쓰러졌다. 꽃처럼, 아니 짐승처럼 몸을 활짝 열어젖히는 이들도 있었으며, 또 어떤 이들은 군중 사이를 헤매며 자신의 상상에 꼭 들어맞는 대상을 찾고 있었다. 그들은 마치 내면과 외부 세계를 완전히 일치시키려는 사람처

75

럼, 마치 두 세계가 같은 진흙으로 빚어졌다고 믿기라도 하듯, 광기 어린 집요함으로 대상을 골랐다. 나이, 성별, 심지어 혈연관계조차 거의 고려의 대상이 아니었다. 아버지가 자신의 예닐곱살 먹은 친딸과, 손자가 그의 할아버지와 결합했다. 친어머니가 아들을 유혹하거나 자매끼리 서로의 젖꼭지에 혀를 놀리며 즐거워하기도 했다. 소수의 짝 없는 이들은 이곳저곳에서 땅에 엎드리거나 나무에 등을 기대고 서서 거듭 자위에 탐닉했다.

황혼의 대기가 헐떡임, 입을 틀어막은 비명, 한숨, 신음, 울부짖음으로 가득 찼다. 둘이나 셋, 또는 네다섯, 혹은 십수 명 이상의 사람들이 한데 엉키기도 했다. 일곱 살도 채 되지 않은 한 아이는 네발 자세로 엎드려서 주저 없이 손가락으로 작은 성기를 벌리고는 도발적인 표정으로 자기 뒤에 선 큰 아이를 어깨 너머로 넘겨다보았다. 소년의 손에는 끝이 둥글게 다듬어진 매끈한 굵은 막대가 들려 있었고 다른 손은 앞으로 다가올 쾌락을 기대하며 자기 성기를 문지르고 있었다. 한 남자는 나무에서 꺾은 잔가지로 자기 몸을 채찍질했고 어떤 두 남자는 서로의 머리를 반대 방향으로 두고 모로 누운 채 나른하게 서로의 성기를 빨았다. 보이지 않는 존재와 짝을 짓는 사람들도 있었다. 남자들은 허공에 대고 성기를 앞뒤로 밀어붙쳤고 여자들은 네발로 엎드린 채 엉덩이를 움직이면서 마치 실제로 삽입이 된 것처럼 몸부림쳤다. 그 몸짓이 어찌나 사실적이었던지 그녀의 상상 속 남자가 언제 사정을 했는지 지켜보는 사람도 알 정도였다. 그녀들은 마치 진짜 음경에 의해 오르가즘에 도달한 양 신음을 토해냈다. 조금 전에 자기 유두를 혀에 닿게 하려고 가슴을 밀어 올리던 여자는 다시 그 음란한 동작들을 반복하면서 돌아다니고 있었다. 누군가 접근할라치면 그녀는 하던 노력을 포기하고 아까와 똑같은 경멸스런 표정을 띤 채 뒤도 돌아보지 않고 자리를 떴다. 그리고는 더 조용한 장소를 찾아 처음부터 다시 시작했다.

밤이 되자, 내게 생선을 나눠 주었던 인디언들이 모닥불을 피웠다. 땀에 젖은 맨몸들이 불빛에 번들거렸고 강물 위로는 강가의 모닥불이 반사되어 일렁였다. 이따금 명멸하는 불빛 속으로 노골적인 자세를 한 인물들의 윤곽이 번득이듯 스쳤다가 이내 어둠 속으로 사라졌다. 여러 명이 서로 뒤엉켜 형체를 분간할 수 없게 된 덩어리 하나가 우연인지 의도인지 잔불 속으로 굴러들었다. 끔찍한 비명과 한숨, 외침, 헐떡이는 소리가 뒤섞여 울려 퍼지는 가운데 불티가 어지럽게 흩날렸다. 볼일을 마친 이들은 가쁜 숨을 몰아쉬면서 그들에게 새 힘과 열정을 제공해 줄 술 항아리로 향했다.

사람들은 그곳에 함께 있는 우리를 거의 전혀 의식하지 않았다. 난교에 참여하지 않는 사람은 투명해지기라도 하는 모양이었다. 그들은 우리를 보지도 않고 스쳐 지나다녔고 그들의 멍한 시선은 우리를 곧장 투과해서 그 너머의 더 실질적인 것을 쫓고 있었다. 마치 우리는 별개의 세상 속을 걷고 있는 것 같았다. 어느 곳을 가든 서로의 경로는 유리벽으로 막힌 듯 분리되어 결코 만나지 않았다. 이를테면 이런 것이다. 한 여자가 잔뜩 달아오른 채 걸어오다가 우리 곁에 다다르면 갑자기 멈춰 서서 뒤로 돌아 다른 방향으로 가 버리는 식이었다. 혹 그냥 우리 곁을 지나쳐 간다면 그것은 우리가 거의 본능적으로 그녀를 피해 한쪽으로 물러섰기 때문일 것이다. 그러면 마치 우리가 공간을 차지하고 있지 않은 것처럼, 마치 우리 육체가 애초에 그 빈 공간을 침범한 적도 없는 것처럼, 그렇게 그녀는 자기가 정한 경로로 방해받지 않고 계속 지나갈 것이었다. 그때 나는 확실히 깨달았다. 그 부족은 일종의 끝없는 내면의 여행길에 나선 상태이며, 이 품에서 저 품으로 표류하는 그들의 육체는 빈 껍데기에 지나지 않았다. 머리 위로 작은 별들이 하나둘 나타나기 시작했다. 처음에는 하나씩 이윽고 한 움큼씩 나타나 검은 하늘을 수 놓은 별들은 마치 빨강, 노랑, 초록, 파랑으로 빛나는 무수히 많은 모닥불 같았지만 강 반대편에서 떠오르기 시작한 거대한 달에 가까울수록 별빛은 희미했다. 밤이 되자 텅 빈 암흑 그 자체가 되어버린 큰 강 위로, 달이 천천히 움직이면서 그 검은 어둠 한복판에 희고 섬세한 넓은 빛의 띠를 드리웠다. 나무들 사이로 파고 든 달빛은 희고 강한 광선으로 쪼개져, 어두운 덤불 속에서 들썩이는 몸의 부분들, 엉킨 몸들, 그리고 넋을 잃은 얼굴들을 비추었다.

밤이 지나고 난 모래밭과 주변 들판에, 잿더미와 그을린 풀밭, 불에 까맣게 탄 나뭇가지들 사이사이 황폐한 몸들이 간밤의 흔적처럼 널브러져 있었다. 몇몇은 아직도 의식 없이 뒤엉킨 채 꿈틀거렸고 어떤 이들은 이따금씩 몸을 뒤척였다. 낮은 신음 소리를 흘리는 사람도, 아예 미동 없이 누워 있는 사람도 있었다. 희미하게 밝아오는 새벽빛 속에서 한 인디언이 피가 흐르는 코를 연신 훔치며 강 쪽으로 걸어갔다. 한 인디언은 얼굴을 모래에 처박은 채로 나무 밑에 미동도 없이 뻗어 있었다. 가까이 다가가 살펴보아도 그가 죽은 것인지 잠든 것인지 알 수 없었다. 동이 텄다. 대기의 푸른 빛이 사라지고 태양이 수평선에 한 줄 빛을 그으면서 나타나 나무 꼭대기를 금빛으로 물들일 무렵, 인디언들이 하나둘 다시 모습을 드러내기 시작했다. 그들은 자신들을 간밤의 수렁 속으로 자꾸 끌어내리려는 보이지 않는 짐을 벗어던지려 몸부림치는 것 같았다. 희미하게 빛나는 공기 속에서 그들은 불안하게 흔들리고 있었다. 많은 이들이 바닥에 여전히 누워 있는 상태였는데, 그중 일곱 내지 여덟 명은 끝내 다시 일어나지 못했다. 한 남자가 일어서더니 한동안 주저하듯 또는 생각에 잠긴 듯 서 있다가 별안간 돌아서서 머리를 나무에 반복해 찧기 시작했다. 세게 더 세게 부딪치는 강도를 더해 가다가 마침내 땅에 쓰러진 그의 입과 귀에서 피가 쏟아졌다. 몇몇 사람들은 바닥에 누워 울먹이며 중얼대거나 큰 소리로 혼잣말을 했다. 아침의 창백한 기운이 대기에 완연할 즈음, 사람들은 오두막들 쪽으로 이동하기 시작했다. 움막들 한가운데 자리 잡은 공터에서는 여러 개의 커다란 흙솥이 불 위에서 끓고 있었고 남자들 몇이 엄숙한 얼굴로 솥 안의 내용물을 젓고 있었다. 가까이 다가가 들여다보니, 이름 모를 채소들과 함께 안에서 끓고 있는 것은 내 동료들의 머리와 내장이었다. 나는 솥 쪽으로 모여드는 사람들을 거슬러 다시 강으로 향했다. 거기서 나는 물가에 무릎을 꿇고 구토를 하려 애쓰고 있는 한 남자를 보았다. 그는 눈과 얼굴이 퉁퉁 부은 채, 양팔로 배를 감싸 안고 고통스러워하고 있었다. 그를 미워해보려 했지만, 그럴 수가 없었다. 나를 본 남자의 눈이 조금 커지면서 희망인지 뭔지 알 수 없는 감정을 드러냈다. 데프-기, 데프-기, 그는 웅얼거리면서 미소를 짓거나 뭔가 손짓을 하고 싶어하는 것도 같았으나 몸이 따라주지 않았다. 끝내 그는 마지막 한 번의 경련과 함께 물로 고꾸라졌고 그렇게 며칠 동안 그 자리에 있었다. 얼굴이 물에 잠긴 그의 시신이 물살에 흔들렸다.

끓인 내장과 남은 술 덕분에 인디언들의 기분은 어느 정도 되살아났지만 그 효과가 오래가지는 않았다. 한 노파가 홀로 조용히 모래사장을 가로질러 물가에 가 앉더니, 강물을 바라보며 살이 거의 남아 있지 않은 머리 하나를 갉아먹기 시작했다. 남은 것이라곤 해골에 붙어 실처럼 늘어져 있는 연골질뿐이었지만 그녀는 몇 개 없는 이로 그걸 무심하고도 비효율적으로 빨아 먹었다. 어떤 사람들은 큰 소리로 이야기하면서 무리지어 돌아다녔고 또 다른 이들은 둥글게 모여 앉아 서로의 눈을 피하면서 웅크린 채 몸을 떨고 있었다. 한 여자는 나무 밑에 쪼그리고 앉아 깊은 생각에 잠긴 얼굴로 변을 보고 있었고 아직도 여기저기에서 몇몇 무리가 기이하고 불완전한 자세로 교합을 시도하고 있었다. 늦은 아침이 되어서야 비로소 그들은 진정되기 시작했다. 맑은 아침 공기 속에 몇 안 남은 인디언들이 쉴 만한 장소를 찾으려 천천히 황금빛 모래사장을 배회하고 있었다. 아무렇게나 쓰러져 있는 몸들이 너무 많아서 누가 잠들었고 누가 죽은 것인지 또는 그저 생각에 깊이 빠져 있는 것인지 구분하기 어려웠다. 요리사들은 한 번도 사람들에게 눈길을 주지 않은 채 무표정하게 그들 사이를 지나다녔고, 나는 나무 그늘 아래 쓰러져 잠든 뒤 해가 질 때까지 일어나지 않았다. 눈을 떴을 때는 강물이 거의 보랏빛으로 물들어 있었다. 한 인디언이 부드럽게 나를 깨웠다. *데프-기, 데프-기*, 그가 내 팔을 손끝으로 쓸면서 말했다. 내가 깨어난 것을 보자 그는 미소 짓고는 고개를 까딱여 자기를 따라오라는 표시를 했다. 이번에도 뒤편 오두막들 사이에서 요리사들이 조용히 생선을 먹고 있었다. 그들은 나를 따뜻하게 맞으며 음식과 마실 물을 권했다. 나머지 부족민들은 여전히 여기 저기 흩어진 채 깊은 무기력 상태에 빠져 있었다.

둘째 날 밤은 첫날의 소란 대신 간헐적인 한숨과 흐느낌, 숨죽인 대화, 절망적인 외침과 탄식으로 가득했다. 그들은 거의 말을 하지 않았고 하더라도 느릿하고 조심스러웠다. 내가 그들 사이로 걸어가면, 그들은 쳐다보는 것 이상은 아무것도 할 기운이 없다는 듯 눈으로만 나를 쫓다가 이내 고개를 저으며 시선을 내리깔곤 했다. 일부는 심지어 울음을 터뜨리기도 했다. 마치 아픈 데도 돌봄을 받지 못하는 어린아이들 같았다. 새벽 즈음에 나는 바닥에 모로 누워 있는 한 남자를 보았다. 그는 나뭇가지로 모래 위에 무언가를 그렸다가 곧 손으로 문질러 지워버렸다. 그는 하루

종일 그 행동을 반복했다.

　많은 이들이 부상과 병에 시달렸다. 몸 여기저기를 만지면서 고통으로 얼굴을 일그러뜨리는 사람, 설사로 고통 받는 사람, 숨이 금방이라도 멎을 것처럼 호흡조차 제대로 못하며 쓰러져 있는 사람들도 있었다. 눈은 퉁퉁 부어 잘 떠지지도 않았고 얼굴은 부풀어 올랐으며, 머리칼은 푸석하고 떡 진 상태였다. 피부에 상처나 화상을 입은 이들도 많았다. 한 남자는 팔이 팔꿈치쯤에서 부러진 듯 한쪽 옆으로 늘어져 있었고 많은 이들이 이동할 때 다리를 절거나 질질 끌었다. 사람들은 반복적으로 강으로 가 얼굴을 씻고 몸에 물을 끼얹었다. 부상을 입었거나 병든 사람들이 고통을 참느라 이를 악물고 숨을 들이쉴 때마다, 꽉 다문 이 사이로 침이 거품을 일으키며 찌걱이는 소리를 냈다. 한 남자는 나무에 기댄 채 쉬지 않고 침을 뱉었고 어떤 이는 변을 보고는 그것을 한 손가락으로 헤집으며 무언가를 찾는 듯 유심히 들여다보았다. 며칠간 고조되었던 감정이 모두 소진되자 두려움과 탈진이 그 자리를 대신했다. 마치 팽팽하게 당겨졌던 욕망의 활시위가 활을 쏘아 보내는 반동으로 얼굴을 쳐 멍들게 하는 것과 같았다. 젊은이들은 늙어 보였고 노인들은 아이 같아 보였다. 여자들은 남자처럼 거칠고 투박해 보였으며 남자들은 여자처럼 말랑하고 연약해 보였다. 많은 사람들의 얼굴에 끝이 하얗게 곪은 붉은 수포가 올라왔다. 어디로 고개를 돌려도 위축된 눈빛, 기진한 육신뿐이었다. 그들의 존재는 흠 없이 찬란할 수도 있었을 여름날에 찍힌 오점 같았다. 거대한 달과 무수히 많은 별들이 있는 밤이 차라리 낮보다 더 밝고 건강하게 느껴질 지경이었다. 한편 요리사들은 시종일관 차분하고 온전한 정신과 깨끗하고 튼튼한 몸을 흐트러뜨린 적이 없었고, 그런 의미에서 이들의 존재는 이 부족이 자신들을 지배하는 불가해한 무언가로부터 스스로를 지킬 힘 또한 지니고 있다는 증거였다.

그 이후로 그들은 조금씩 자기 안에 매몰된 상태에서 벗어났다. 그 과정은 결코 수월하지 않았다. 대부분이 회복하는 데에는 몇 주, 길게는 몇 달이 걸렸고 그 사이 부족 내에는 많은 죽음이 있었다. 정신을 차린 이들은 몸을 일으켜, 엄숙한 얼굴로 들판과 강변을 청소하고 병든 이들을 돌보며 죽은 자들을 묻었다. 그들은 일에 열중한 채 나무들 사이를 바삐 오가며 꼭 해야 할 말만 주고받았으며, 감정은 일체 드러내지 않고 줄곧 심각하고 엄격한 태도를 유지했다. 그들은 강에서 몸을 씻고 나무와 뼈로 도구들을 만들었으며, 그 밖에도 여러 가지 일들을 흠잡을 데 없이 숙련된 솜씨로 해냈다. 그런 활동들이 그들 자신과 그들이 사는 장소에 부정할 수 없는 밀도 높은 물리적 존재감을 부여했다. 그 존재감이란 감각적이고 구체적이었으며, 적어도 겉으로 보기에는 영원히 변치 않을 것만 같았다. 내가 처음 카누를 타고 이 반달 모양 강변에 도착했을 때, 저녁 어스름 속에 흩어져 있던 모닥불들로부터 실려 오던 냄새와 목소리에서 느꼈던 실재감이 바로 이런 것이었다. 그 인디언들이 검고 깊은 수렁에 빠져 있었던 기간은 내가 본 바로는 고작해야 이삼일이었지만, 그들이 스스로 그 구덩이 밖으로 기어 나와 인간다운 형상으로 투명한 바깥 공기를 마주하게 되기까지는 많은 시간이 걸렸다.

부족 전체가 마치 병상에서 천천히 회복 중인 한 사람의 환자 같았다. 비유하자면 회복하는 데 오래 걸리거나 끝내 세상을 뜨고 마는 사람들은 심하게 손상됐거나 치료에 실패한 신체 부위인 셈이고, 그들의 몸은 눈에 보이지 않는 문제의 가시적인 증상 같은 것이었다. 상처와 신체적 쇠약, 창백한 얼굴빛, 피와 고름, 화상 흉터, 이 모든 것은 그들을 어둠 속에서 지배하는 어떤 전횡적 힘의, 겉으로 드러난 징후에 지나지 않았다. 본질은 그들의 내면에 존재할 뿐만 아니라 모두에게 균등하게 퍼져 있는 하나의 실체였고, 그 알 수 없는 힘 앞에서 인디언 한 사람 한 사람은 연약하고 우발적인 존재처럼 보였다. 그것이 어떤 신이었는지, 혹은 신이긴 했는지조차 알 수 없었다. 내가 그곳에서 보낸 세월 동안 인디언들이 그 어떤 것에도 경배를 바치는 모습을 본 적이 없었기 때문이다. 어쨌든 그것은 그들 스스로 제어할 수 없는 어떤 것이었고 의지나 선의보다 더 강력하게 그들의 행동을 지배하는 힘이었다. 그리고 인디언들이 그 힘을 잊으려 하든 외면하려 하든 상관없이, 그것은 주기적으로 모습을 드러냈다. 마치 심해 속에 가라앉아 있다가 주기적으로 떠오르는 리바이어던처럼.

일주일이 지나자, 대부분의 환자들이 회복되어 건강하고 평온한 요리사들과 나머지 부족 사람들을 구분하기 어려울 정도가 되었다. 다만 몇몇은 여전히 집을 나서는 발걸음이 내키지 않는다는 듯 더뎠다. 매일 아침 그들이 오두막 문 앞에서 벽이나 가족의 어깨에 몸을 기대고 선 채, 눈을 가늘게 뜨고 태양빛 속에 반짝이는 나뭇잎을 바라보는 모습을 볼 수 있었다. 많은 이들의 몸에 영원히 지워지지 않을 상흔이 남았다. 한쪽 귀를 잃은 사람이 있었고 몇 달간 곪기를 반복하던 눈 하나를 영영 잃은 사람도 있었다. 어떤 사람은 평생 다리를 절게 되었다. 가끔 그들을 강변이나 숲에서 마주칠 때가 있었다. 그들의 몸에는 자기들이 저지른 행위의 결과가 선명하게 새겨 있었다. 나는 그들의 기억 속에 아직도 그 끔찍했던 날들의 불씨가 남아 있는지 알고 싶어 유심히 관찰하곤 했다. 그들의 몸짓이라든가 표정, 하다못해 아주 작은 찡그림에 무언가 드러날지도 모를 일이었다. 그러나 내 눈과 마주친 그들의 눈은 순수했고 아무 이야기도 담고 있지 않았으며, 마치 기억 자체가 지워진 것처럼 담담했다.

그들이 나에게 보내는 빠르고 거의 은밀하게까지 보이는 미소는 공모나 묵인의 신호가 아니었다. 즉, 그러한 장면을 목격하고도 입 다물고 있는 내게 보내는 인정의 표시라든가 내 집요한 눈빛에도 전혀 흔들리지 않는 자신들의 우월감을 나타내는 것이 아니었다. 오히려, 그것은 내가 목격한 '그들'의 행동과 관련된 것이라기보다는 '내'가 할 수 있으며, 언젠가 할 것이라고 그들이 믿는 어떤 행동과 더 관계가 있어 보였다. 폭풍이 지나가고 나자, 부족 사람들은 다시 나를 다정하고 예의 바르게 대해 주었다. 첫인상이 가장 진실되고 정확하다고 주장하는 사람들이 있지만 그 인디언들에게만큼은 해당되지 않는 말이었다. 처음 며칠 동안 짐승보다도 야만적이고 잔혹했던 그들은 시간이 흐르며 내가 사는 동안 만난 모든 사람들 중 가장 절제되고 순결하며 균형 잡힌 존재들로 변해 갔다.

이 부족의 섬세함은 거의 유약함이나 내숭이라고까지 할 만한 정도였다. 청결에 대한 집착은 강박 수준이었고, 타인에 대한 배려 또한 호들갑스러울 정도로 과했다. 이러한 과장된 예의범절은 날이 갈수록 도를 더해가더니 터무니없이 복잡한 지경에까지 다다랐다. 그들은 유별나리만치 몸가짐이 조심스러웠다. 몇 달 동안 나는 단 한 사람도 공공장소에서 용변을 보는 모습을 본 적이 없었다. 남자들은 완전히 벌거벗고 다님에도 불구하고 성인과 아이를 막론하고 성기가 축 늘어져 다리 사이에 거의 안 보이게 숨어 있는 외에 다른 형태나 기능을 하는 경우를 본 적이 없었다. 애무, 접촉, 그 밖에 어떤 종류의 성적 행동도 공공장소에서는 금기인 것 같았다. 이러한 방면으로 그들의 조심성이 어찌나 철저한지 그들이 사적인 장소에서라도 관계를 맺긴 하는지 궁금할 지경이었다. 일 년 내내 태어나는 아기들의 존재가 아니었다면 아무리 눈이 밝은 관찰자라도 저들은 성에 대해 전혀 모른다고 결론 내렸을 것이다. 남자와 여자는 서로 대화를 나눌 때도 거리를 둔 채, 제대로 마주보지도 오래 대화하지도 않았다. 그것은 한 가족 내에서도 마찬가지였다. 아이들에 대해서는 진지하고 엄격하며 퉁명스러웠다. 그렇다고 가혹하거나 권위적이지는 않았고 애정이나 배려가 없다고도 할 수 없었다. 일반적으로 사람들 사이에는 명확한 구분이 있었다. 여자와 아이들이 한쪽에, 남자들이 그 반대쪽에 있었다. 그리고 모든 사람들이 과도하게 거의 안달이랄 정도로 청결에 신경을 썼다. 예를 들어 두세 살 난 아이가 엉덩이에 배설물을 묻힌 채 돌아다니면 거의 확실히 부부 싸움의 원인이 되었다. 또, 사람들이 보는 데서 나무에 소변을 보다 걸리는 아이는 예외 없이 따귀를 맞았다.

바로 앞에서 언급했듯, 나는 (난교가 벌어졌던 기간을 제외하고는) 그들이 공공장소에서 배변하는 모습을 본 적도, 집 근처에서 배설물을 본 적도 없었다. 얼마 지나지 않아 나는 그 이유를 알게 되었다. 그들은 배설물을 땅에 묻었다. 대충 흙으로 덮는 것이 아니라, 작은 구덩이를 파고 그 안에 완전히 묻어 어떤 흔적도 남지 않게 했다. 날이 더운 시기에는 하루에도 여러 차례 강으로 가 몸을 씻었기 때문에 강가 모래사장은 늘 인디언들로 붐볐다. 강변을 따라 걷다 보면 그들이 끊임없이 물에 들어갔다 나오는 모습을 볼 수 있었고 심지어 강이 보이지 않는 곳에 있어도 물이 첨벙대는 소리가 하루 종일, 심지어 밤에도 들려왔다. 겨울이 되면 대부분 흙솥에 물을 데워 목욕을 했지만 여전히 강으로 씻으러 가는 이들도 적지 않았다. 그들은 푸른 새벽 서리에도 굴하지 않고 태평스럽게 강변으로 걸어 내려갔다. 또 인디언들은 지칠 정도로 재료를 씻고 또 씻은 후에야 요리를 시작했다. 집과 그 주변은 하루에도 몇 번씩 잔가지로 만든 빗자루를 이용해 쓸었고 여름날 저녁이면 강에서 물을 길어다가 집 안팎 바닥에 손으로 찍어 뿌렸다. 손가락 끝에서 튀긴 물방울들이 흩어지며 석양빛에 반짝였다.

그들의 친절은 허세스러웠고 사람을 지치게 만드는 구석이 있었다. 언제나처럼 열심히 일하고 있다가도 누군가 자기 오두막 근처를 지나가기만 하면 즉시 하던 일을 멈추고 나가 인사를 건네며 끈질기게 집 안으로 들어오라 청했다. 그리고는 그 '지나가는 이'의 가족과 친지들의 건강 상태를 묻는 집요한 취조가 시작됐다. 이 의례적인 대화는 세부 사항을 꼬치꼬치 캐묻거나 심지어 당일 아침에 강가에서 이미 마주쳤던 사람들의 건강 상태까지 재차 확인하는 방식으로 한 시간 이상 계속되기도 했다. 반면 만남이 공적인 장소, 즉 서로의 집에서 멀리 떨어진 장소에서 이뤄질 경우엔 이 모든 과정은 훨씬 간결하고 절제된, 점잔빼는 대화로 대체되었다. 이때 그들은 마치 최대 관심사가 '서로 닿지 않기'와 '어떤 대가를 치르더라도 신체 접촉은 피하기'이기라도 하듯, 상대와 최소한 2~3미터의 간격을 유지했다. 그들은 몸을 꼿꼿이 세우고 등을 뒤로 젖힌 위엄 있는 자세로, 온기나 진정성이 느껴지지 않는 형식적인 인사말만 간단히 교환하고는 곧장 가던 길을 갔다. 그들의 높이 치켜든 턱과 내리깐 눈, 빳빳한 등과 어깨는 우리가 오만하고 근엄하다고 느끼는 사람들에게서 흔히 보는 모습이었다. 이렇게 과도하게 품위에 집착한 결과 그들은 아주 작은 일에도 모욕감을 느꼈다. 예컨대 대화 중 불쾌한 뉘앙스가 감지되기라도 하면 자리에 있던 사람들은 고개를 숙이고 한동안 곱씹듯 침묵하다가 핑계를 대고 조용히 자리를 뜨곤 했다. 그들은 성관계나 월경, 배변 활동 등 민감한 주제로 이야기를 나누기 전에는 반드시 근처에 아이들이 없는지 확인했고, 만약 누군가 아이들 앞에서 경솔하게 그런 말을 꺼내기라도 하면 단호하고 분명한 제지를 받았다.

인디언들은 예전의 방식대로 일을 하는 법을 배우는 데 시간이 필요했던 듯, 조금씩 예전의 빠른 속도를 되찾았다. 그들의 행동에서 전형적으로 보이는 신속함은 주로 남자들에게 해당되었고, 여자들은 조용하고 느긋하게 마치 마음이 딴 데 가 있는 것 같은 태도로 일했다. 남자들은 거의 뛰다시피 하며 모든 일을 수행했기 때문에 그들이 여자들 곁을 지나칠 때면 그 속도 차이가 더욱 극명하게 드러났다. 마치 남자들이 빠르게 회전하는 지구의 딱딱한 표층이라면 여자들은 그 안에 자리 잡고 움직이지 않는 중심축, 어두컴컴하고 물컹한 내핵 같았다. 남자들은 길에서 누군가를 마주쳐 의례적인 짧은 인사를 나눌 때조차 서로 안전거리를 유지한 상태에서 흡사 제자리 뛰기라도 하듯 몸을 들썩거렸다. 마치 가만히 서 있으면 안되는 벌칙이라도 받은 것 같았다. 예를 들어 낚시를 하러 갈 때도, 그들은 모래사장을 전속력으로 달려와 카누에 뛰어 오른 뒤 바로 힘차게 노를 저어 고작 몇 분만에 섬 사이 지류를 타고 사라져 버렸다. 그들은 무슨 일을 하든 그렇게 서두르듯 신속하게 해치웠다. 그리고 밤이 오면 깨끗이 비질한 오두막 바닥에 누워 새벽까지 깨지 않고 잤다.

맑은 날 아침이면 으레, 사람들이 오가는 소리가 투명한 공기를 가득 채웠다. 첫 며칠 동안 벌어졌던 일을 상기시킬 만한 것이라고는 무리 속에서 간간히 눈에 띄는 장애를 입은 사람들뿐이었다. 그 부족은 예의 바르고 근면하며 엄격한 사람들이었다. 농담도 거의 하지 않았고 마을 밖에서 즐겁게 뛰어 노는 아이들과는 달리, 좀처럼 웃지도 않았다. 여자들은 남자들만큼 심각하거나 완고해 보이지는 않았다. 남자들의 딱딱한 태도가 퉁명한 쪽이라면 여자들의 것은 체념이나 무관심에 가까웠다. 남녀를 불문하고 일은 하고 싶어서 한다기보다는 의무감으로 하는 것처럼 보였다. 그들의 단체 생활에 즐거움이라고는 눈을 씻고 봐도 찾을 수 없었다. 욕구 같은 것을 드러내는 일도 전혀 없어서 공공장소에서의 그들의 모습만 봐서는 성생활이라는 것을 하는 사람들 같지도 않았다. 여자들의 부풀어 오르는 배와 이따금 세상 빛을 보는 피 묻고 쭈글쭈글한 신생아들만이, 최소한 사적으로나마 어떤 관계가 이루어지고 있다는 유일한 증거였다.

나는 어떤 때는 집중적인 보살핌을 받다가 때로는 완전히 관심 밖으로 내몰리기도, 갑작스럽게 아부 섞인 친절 세례를 받기도 했다. 그 어느 경우도 오래가지는 않았다. 이해할 수 없는 요구를 받거나 이유 없는 냉대를 견뎌야 할 때도 있었다. 나는 그들 사이에서 철저히 겉도는 존재였는데, 내 생각에 그들이 내게 기대하는 것은 날 죽여서 얻을 수 있는 성질의 것이 아니었다. 인디언들이 바라는 것은 내가 계속 곁에 머물면서 그들의 장황한 이야기를 인내심 있게 들어주는 일인 듯했다. 가끔 아무나 다가와 내 앞에 자리를 잡고는 끝이 나지 않는 연설을 시작하곤 했다. 이야기에는 수평선, 강, 나무 등을 가리키는 손동작이 수없이 등장했고 때로 이 속사포처럼 쏟아지는 말의 홍수 속에서 가장 중요한 단어는 자신이라는 듯 손바닥으로 가슴을 힘차게 치기도 했다. 언젠가는 한 오두막 옆을 지나가는데, 문 옆 그늘가에서 일하던 한 여자가 *데프-기, 데프-기* 하고 긴히 할 이야기가 있다는 듯이 작은 소리로 나를 불러 세웠다. 여인은 일감에서 눈을 떼지 않은 채로 짧고 분명하게 자기 할 말을 마치더니, 나는 이미 그 자리에 없다는 듯 단 한 번도 나를 보지 않고 조용히 하던 일로 되돌아갔다. 감정 표현이 더 자유로운 아이들은 종종 나를 따라다니며 말을 걸었다. 아이들은 부족의 어른들과는 달리 말이 많고 부산했지만 그들마저도 부족 전체를 감싼 엄숙한 분위기에서 완전히 벗어날 수는 없었던지 시간이 흐를수록 점차 활기를 잃어 갔다.

여러 주, 그리고 여러 달이 지나갔다. 어느덧 가을이었다. 여름이 태풍에 휩쓸려 가고 비가 몇 차례 더 내리고 난 후의 빛은 창백하고 희미했다. 해가 남아 있는 오후 시간 동안 나는 나무 밑에 아무렇게나 떨어져 썩어가는 노란 나뭇잎들 위에 앉아 눈에 보이는 세계의 아름다움을 멍하니 감상했다. 노란 잎과 푸른 하늘을 배경으로 가냘픈 햇빛은 더욱 깨끗해 보이고 빛바랜 풀과 마른 모래는 더욱 희어 보였다. 태양은 내 머리를 덥히면서 일상을 이루는 생각의 틀마저 녹여내고 있는 것만 같았다. 애착도 기억도 심지어 이 모든 생소함조차도 내 삶에 의미나 질서를 제공해 주지 못했다. 지금은 그저 가을이라고밖에 달리 부를 이름이 없는 그 시기에, 온 세계가 검은 이면으로부터 떠올라 내 감각 앞에 선명하게 모습을 드러내고 있었다. 세상은 나의 일부이자, 나를 감싸는 전체가 되었다. 세상과 나는 아무런 저항 없이 너무도 자연스럽게 서로에게 귀속되었다. 거기에는 흥분이나 공포도, 이성과 광기도 끼어들 여지가 없었다. 그러다 해가 지기 시작하고 '습관'이라는 우연한 구원이 나를 다시 일상으로 불러들이면, 나는 하루를 마감할 하등 쓸데없는 일거리를 찾아 인디언들 틈으로 걸어 들어갔다. 거기서 나는 다시 한 번 혼자가 되었다. 세상의 중심에서 박동하고 있는, 이름과 기억을 가진 엉성한 그물망 같은 존재, 고아로.

겨울은 현실 감각을 일깨워 주었다. 서리와 가랑비가 번갈아 내리면서 인간이 얼마나 연약한 존재인지 상기시켜 주었다. 우리는 거친 자연에 맞서 스스로를 보호할 수단을 강구해야만 했다. 오두막을 보수하고 가죽을 무두질하며, 공동 화로의 불씨를 꺼트리지 않으려 애쓰는 모든 행위는 동물인 우리 인간의 체온을 유지하고 목숨을 이어가기 위한 방편이었다. 그리고 이러한 실질적인 과제들에 매달려 있는 동안만큼은 차마 입 밖에 낼 수조차 없는 일들에 대해 생각하지 않아도 되었다. 인디언들은 고난의 계절을 위엄 있게 견뎌내었다. 겨울 동안 긁어 모을 수 있는 얼마 안 되는 음식물들은 공평하게 배분되었고, 부족에서 가장 강한 사람들이 가장 약한 사람들에게 음식과 생명을 나눠주는 방식으로 일종의 방호 체계가 짜여졌다. 그들은 매사에 분별력과 신중함을 보여주었다. 먼 훗날에야 나는 일부 힘 센 남자들이 곤궁한 시기에 일정한 특혜를 받았던 이유를 깨달았다. 그것은 다른 이들이 그들의 완력을 두려워했기 때문이 아니라, 그 남자들이 부족 전체의 생존에 꼭 필요한 존재였기 때문이었다. 그곳에선 신생아부터 죽음을 앞둔 이까지, 가장 보잘것없는 사람조차도 각자 맡은 역할이 있었다. 마을에 도착하고 첫 며칠 동안 겪었던 공포스러운 모습과 대조적으로, 나는 그 건장한 남자들 중 일부가 자기 걸칠 것과 먹거리를 노인이나 병자, 아이에게 양보하는 모습을 자주 보았다.

혹독한 회색 겨울을 서로 도우며 나는 동안에도 인디언들은 특유의 무뚝뚝함과 수줍음을 잃지 않았다. 매일 한 남자가 마을에서 동떨어져 있는 내 오두막으로 음식과 땔감을 배달해 주었는데, 그는 나를 매일 보면서도 단 한마디 말도 하지 않았다. 인디언들 사이에서 보냈던 모든 겨울 중 그 첫겨울이 가장 길고도 힘들었다. 몇 주에 걸쳐, 얼음처럼 찬 가랑비가 쉼 없이 내리며 수평선과 하늘을 뿌옇게 지웠다. 비가 그치자 추위는 더 심해졌다. 쨍하게 맑은 하늘은 머리 위로 낮게 드리워 내리누르는 것처럼 느껴졌고 밤이면 밤마다 서리가 내렸다. 매일 아침 동이 틀 때마다 펼쳐지는 하얀 벌판은, 추위에 얼어붙어 산산조각이 난 별들이 별가루의 형태로 땅에 흩뿌려진 것처럼 보이기도 했다. 큰 강을 제외한 모든 지류들은 얇고 깨지기 쉬운 얼음으로 덮여, 새벽에는 파랗게, 낮에는 노랗게, 저녁이면 불그스름하게 보였다. 강가의 모래마저 별가루로 만들어진 양 더 희고 고와졌고, 모래와 섞이지 않은 흙은 푸른 빛을 띠고 반짝반짝 빛났다. 몇 주 동안 세상은 정적이 지배했다. 대기와 시간도 얼어붙은 듯했고, 오색으로 반사되던 빛마저 정지하여 얼음처럼 투명해졌다. 나무들은 마치 석화된 것처럼 보였다. 벌거벗은 가지들이 희뿌연 하늘을 배경으로 얼기설기 얽힌 검은 그림자를 뻗으며 악몽 속 풍경을 빚어냈다. 동물과 새들은 회색으로 얼어붙어 뻣뻣해진 채 죽음과 잠 사이 중간 지대에 누워 있었다. 그 끝없는 밤들을 지나는 가운데 많은 사람들이 같은 운명을 맞이했다. 특히 노인들은 추위와 잠을 이기지 못하고 (더욱이 침대를 떠날 이유조차 찾지 못하여) 누운 채 죽음으로 가는 먼 길을 떠나곤 했다. 완벽하게 게으르고 편리한 죽음이었다. 가을이면 나뭇잎들이 자기들의 진정한 집인 땅으로 돌아가듯, 그들은 잔인한 겨울을 나는 동안 가볍고 고요하며 고통스럽지 않은 죽음을 맞았다. 살아남은 자들은 막연히 북쪽으로부터 불어올 훈풍을 기다렸다. 마침내 부드럽고 발그레한 첫잎이 움트기 시작할 때면, 새순이 아닌 얼어붙은 공기 그 자체가 터져나가는 것처럼 보였다.

조금씩 인디언들이 오두막을 나와 봄을 향해 길을 나서기 시작했다. 날이 풀리면서 얼음은 물이 되었고, 수정처럼 얼어붙었던 나무들이 연두색 새 순을 가지 위로 구름처럼 두르기 시작했다. 꽃이 만발한 들판은 이내 인디언들의 잰걸음으로 분주해졌다. 모래는 다시금 노래졌고 강은 황금빛을 되찾았다. 형형색색의 새떼들이 섬들로부터 날아올라, 푸른 하늘을 가로지르고 마을 뒤편 나무마다 무리 지어 깃들었다. 퓨마와 악어들도 다시금 나른한 자태를 드러냈다. 따뜻한 날들이 붉게 물든 저녁 하늘 속으로 길게 이어졌다. 사람들로 북적이던 강변은 밤이 가까워질 때까지도 한산해지지 않았다. 요리하는 냄새, 느릿한 강변 산책, 고요한 하늘 위로 하나둘 떠오르는 노란 별빛, 그리고 나뭇잎 가장자리를 감싸며 퍼지는 부드러운 황금빛이 어우러진 저녁 무렵은 평화롭고 안온한 시간이었다. 아침이면 새벽 추위가 가실 즈음해서 오두막들 근처에 모닥불들이 지펴졌다. 그다음으로 나무들 사이에서, 그리고 점차 부락 전체에서 모닥불이 피어올랐다. 아직 다른 계절들의 부산물들—낙엽, 나뭇가지, 동물들의 사체, 인간의 살과 뼈, 배설물—이 많이 남아 일부는 땅 속에 묻힌 채, 또 일부는 시간과 비에 노출된 채 썩어가고 있었다. 거기서부터 시작된 의기양양한 연기 기둥이, 새싹이 돋아난 나뭇가지 사이로 천천히 다시 솟아오르고 있었다. 그 연기는 궁핍한 겨울 동안 자아를 잃어버린 이들에게 묻혀 있던 감각뿐만 아니라 오랜 세월 이어져 온 생의 기억을 되살려 주었다. 고립된 채 몇 달간의 시간을 침울하게 보낸 그들이 따뜻하고 화창한 아침에 다시 세상 밖으로 나서는 모습을 보는 것은 더없이 기쁜 일이었다. 빛나는 봄날이 그 뻣뻣하고 심각한 존재들에게도 기쁨과 행복을 전염시킨 것 같았다. 의무도 효율도 생존도 아닌, 그보다 더 생기 있고 다정한 무언가가 그들을 다시 움직이게 하는 듯 보였다. 강변이나 숲에서 서로 마주쳐 지날 때마다 사람들은 평소보다 더 오래 대화를 나누곤 했다. 마치 예의가 잘못이나 태만이 아니라는 사실을 이제야 깨달았다는 듯이. 서로 나누는 절제된 기쁨이야말로 그들이 시간과 환경을 넘어서는 존재임을 증명하는 것이었다.

그러나 시간이 흐르면서 그 다정함에 서서히 균열이 생겼다. 여름의 시작은 마치 불길에 휩싸인 집 안으로 발을 들여놓는 것과 같았다. 우리는 눈이 멀 듯 하얀 빛 속에서 현기증을 일으키며 방향을 잃고 말았다. 끈적한 나무 그늘은 더 이상 쉼터 구실을 하지 못했다. 새벽 무렵 잠깐만 서늘할 뿐, 첫빛과 함께 끼쳐오기 시작하는 타는 듯한 열기는 밤이 깊도록 가라앉지 않았다. 부족 전체가 밤새 잠자리에서 뒤척였다. 지난 계절 동안 인디언들은 일찍 잠자리에 들었다가 새벽이면 개운하게 기상하는 생활을 유지해 왔다. 밤이면 마을 어디서도 인기척 하나 없었고 오직 밤새들의 울음소리만이 평화로운 정적을 깨곤 했다. 그러나 강렬한 더위와 함께 그 자연스러운 규칙도 무너지기 시작했다. 처음엔 매일 야속하게 떠오르는 저 황량한 태양 탓이라고 생각했다. 그러다 차츰 나는 깨닫게 되었다. 한해살이란, 저녁이 되면 죽어가는 이의 배 속 깊은 곳에서 열이 치솟듯, 어떤 리듬에 따라, 반쯤 잊히고 반쯤 묻힌 것들과 지속될 수도 없고 심지어 존재조차 의심스러운 것들을 이름 모를 암흑 속에서 끌어올려 함께 데리고 가는 것이었다. 그리고 그것들이 다시 우리 눈앞에 나타날 때면, 그 끈질기고도 확실한 존재감을 통해 실은 그것들이야말로 언제나 우리 삶의 유일한 실재였다는 사실을 분명히 확인하게 되었다. 마치 몇 달간 잠잠하던 큰 강이, 범람기만 되면 거친 물살과 함께 떠내려오는 쓰레기나 동물 사체 따위를 통해 자신의 본색을 드러내는 것과도 같았다.

서먹하긴 해도 예의 바르던 인디언들의 관계가 점차 틀어지기 시작했다. 험담을 하고 무관심해지거나 심지어 싸움을 벌이기도 했다. 많은 이들이 쉽게 짜증을 냈고 대다수는 내면으로 침잠하면서 유령이나 몽유병자처럼 멍하니 배회했다. 그들이 매일 아침 마시던 술도 새삼 몸에서 잘 받지 않는 것처럼 보였다. 마치 그 술이 몸 안에 들어가 슬픔과 그리움으로 발효되는 듯했다. 그들에게 뭔가가 부족하다는 점은 분명했으나 외부인인 나로서는 그 결핍이 뭘지 가늠할 수 없었다. 그들은 맑은 하늘과 빈 해안선을 주시하면서 하늘로부터 어떤 전갈이나 계시가 춤추듯 내려오기만을 기다렸다. 의지할 대상을 찾지 못한 그들은 그저 수동적인 기대감

속에 헤매고 있었다. 부족을 하나로 묶어주고 하나의 존재라는 결속감을 줄 무엇인가가 약해지면서 그들은 목적을 잃고 흩어질 위기에 처해 있었다. 서로를 대할 때에도 무기력하고 냉담했다. 그들도 자기들에게 뭔가가 결여되어 있다는 것을 감지하고, 무엇을 잃어버렸는지 무엇을 구하는지도 모르면서 찾고 있었다.

그러나 그들이 그것을 자각한 순간, 모든 몸짓은 메시지이자 신호가 되었다. 차근차근 자신감 있게 그들은 행동에 나설 채비를 차리기 시작했다. 그들의 얼굴과 태도에서 점점 커져 가는 결의를 읽을 수 있었다. 어느 날 나는 오두막 근처를 지나다가 한 노파가 해골 하나를 유심히 들여다보는 모습을 보았다. 오래 되어 바싹 말라 있는 해골은 손때가 묻어 반질반질했다. 노파의 주름진 얼굴에서 숨김 없는 열망과 매혹이 읽혔다. 그 후 며칠 동안 나는 여러 무리들이 모여 앉아 무언가를 모의하고 몇몇은 서로 다른 그룹을 오가며 소식과 제안을 전달하는 모습을 자주 목격했다. 어떤 사람들은 숙련된 솜씨로 열심히 독화살을 만들었다. 선장과 내 동료들의 소지품들이 어딘가로부터 하나둘 다시 모습을 드러내기 시작했다. 의복, 헬멧, 칼, 무기, 동전… 모두가 그것들을 보고 만지고 다뤄보고 싶어했다. 그 물건들은 일 년도 채 되지 않아 이미 유물처럼 낡아 있었다. 사람들은 그걸 한 번 만져보겠다고 싸움도 불

사했고 피까지 흘렸다. 그것들은 내가 알지 못하는 물건들과 뒤섞여 있었지만 그 기원을 짐작하기는 그리 어렵지 않았다. 목걸이, 보석, 칼, 그리고 매끄럽게 다듬어지고 누렇게 길든 나무 조각들. 그것들은 함께 보관된 뼈들과 거의 구별되지 않아, 형태와 크기를 보고서야 그것이 인간의 것인지 동물의 것인지 가늠할 수 있었다. 격렬한 몸싸움 와중에 해골이 바닥에 굴러다니는 모습도 심심치 않게 눈에 띄었다. 그러나 누구도 그 물건들을 오래 쥐고 있지는 않았다. 그 물건들은 강한 매력으로 인디언들을 사로잡으면서 동시에 치명적인 독도 내뿜고 있는 듯했다.

어느 이른 아침, 나는 시끄러운 소리에 잠에서 깼다. 아직 동도 트지 않은 시각이었다. 물가의 푸른 공기 속에서 희미하게 빛나는 검은 몸들이 불안과 초조, 열정, 어쩌면 설렘으로 들썩이고 있었다. 온 부족이 배웅을 위해 모인 가운데, 백여 명의 남자들이 강기슭에 줄지어 늘어선 카누에 올라탔다. 모두가 흥분을 누른 낮은 목소리로 속삭이며 손짓을 주고받았다. 그리고 거의 동시에 카누들이 출발했다. 배들은 남자들이 뛰어 오르자마자 일제히 같은 속도로 강물을 거슬러 올라가기 시작했고 이내 섬들 사이로 모습을 감추었다. 강변에 남은 사람들은 그 후로도 한참을 그 자리에 서서 감탄과 희망이 뒤섞인 시선으로 섬 너머에서 떠오르는 거대한 붉은 해를 바라보았다. 해는 아침 공기에서 어둠을 몰아내며 보랏빛 강 위로 가냘픈 빛를 흩뿌리고 있었다.

날이 갈수록 사람들은 자주 큰 강 쪽을 바라보았다. 강은 반짝이기만 할 뿐 말이 없었다. 강 쪽에서는 시원한 바람 한 줄기조차 불어오지 않았고, 열기 때문에 하얗게 물아지랑이가 피어오르는 수평선에도 신호라 할 만한 것은 보이지 않았다. 불확실성과 불안이 조금씩 인디언들의 마음을 갉아먹었다. 사람들은 손을 씻는다거나 소변을 본다는 구실로 종종 하던 일을 내팽개치고 강가로 내려가서는 혹시나 카누가 돌아올까 상류 쪽을 건너다보곤 했다. 초조함이 깊어질수록, 일을 하는 시간보다 물가에 나가 망을 보는 시간이 길어졌다. 처음에는 서너 명이었던 것이, 다음 날에는 예닐곱 명, 그다음 날에는 군중이 되어 있었다. 넷째 날이 되자, 부족 전체가 강가에 서서 배들이 사라져간 섬들 사이를 바라보며 그것들이 다시 모습을 드러내기를 기다렸다.

마침내 카누들이 돌아왔다. 그 푸른 윤곽이 보이기 시작한 때는 그들이 떠났던 새벽이 아니라, 나를 처음 이곳에 데려왔던 바로 그 해질녘이었다. 첫날 멀찌감치 물 위에서 바라보았던 그 모닥불들이, 이번에는 바로 가까이에서 하나씩 지펴지고 있었다. 모든 것이 그날과 같았지만, 지금은 눈앞의 장면들이 내 안의 다른 기억들과 얽히고 있다는 점만 달랐다. 모든 것이 익숙한 냄새를 풍기며 다시 시작되고 있었다. 마치 시간이 나를 다른 시공간의 한 지점으로 데려가, 같은 사건을 전혀 다른 관점에서 다시 목격하고 있는 느낌이었다. 배들이 푸른 공기를 가르며 다가오고 있었다. 반사된 불빛으로 뒤덮인 물을 노들이 규칙적으로 쳐내는 소리가 들렸다. 기시감이 너무나 강렬했던 나머지, 나는 잠시나마 진심으로 그 배 안에서 얼어붙어 있는 나 자신을 보게 될 거라 기대했다. 처음으로 이 해안을 마주했던 그날 밤, 겉보기에는 평온하지만 인간들의 혼돈으로 가득했던 그 푸른 밤, 주위를 둘러싼 끝 모를 어둠을 천천히 발견해가게 될 나 자신의 모습을.

그러나 그 배 안에 나는 없었다. 대신, 내 또래쯤 되어 보이는 한 소년이 노 젓는 남자들 사이에 꼼짝하지 않고 서 있었다. 그가 땅을 밟자마자 인디언들 중 몇몇이 외쳤다. "데프-기, 데프-기." 시신들이 배에서 내려지며 백사장에 아무렇게나 쌓이고 있었기 때문에 사람들이 그에게 접근하기는 어려웠다. 그 포로—부적절한 단어라는 게 점차 분명해지겠지만—는 시선을 피하면서 인디언들을 무시했다. 어쩌다 바라볼 때도 그 시선에는 계산된 경멸과 냉소가 담겨 있었다. 인디언들은 그의 시선을 끌기 위해 자기들을 손가락으로 가리키며 계속 소리쳤다. "데프-기, 데프-기!" 그들은 내가 질리도록 본 미소를 얼굴에 띠고 익히 아는 유치한 장난을 쳤다. 예를 들자면 화난 척, 위협하는 척 연기하다가 몇 분 뒤에 큰 소리로 웃음을 터뜨리는 식이었다. 그들은 자신들의 존재를 과장되게 부각시키는 똑같은 연극적인 장면을 반복해서 연출했다. 포로는 그들의 유혹을 의도적으로 무시했지만, 그럴수록 인디언들은 더 자극을 받아 진심인지 연기인지 혹은 다른 숨은 의도가 있는 것인지 알 수 없을 정도로 복잡한 반응을 보이기 시작했다. 즐거움에서 분노로, 달콤함에서 폭력으로, 거만함에서 외설로 변화하는 그들의 반응은 포로의 무관심에 약이 올라 그런 것일 수도 있고, 아니면 그의 존재가 불러일으키는 불안과 불확실성, 혼란 때문이었을 수도 있다. 어쨌든 그래서 그들은 마치 끊임없이 변하는 상황에 따라 그때그때 아무 형태로나 빚어지는 무르고 형체 없는 존재들처럼 보였다. 한 가지 분명한 것은 그 포로는 맨 처음부터 인디언들이 자기에게 기대하는 바를 정확히 알고 있었다는 사실이다. 반면 나는 그 기대가 무엇이었는지 오랜 시간이 지나서야 서서히 짐작할 수 있었다. 심지어 60여 년이 지난 지금, 촛불에 의지하여 글을 쓰고 있는 이 여름밤에도 나는 여전히 제대로 이해했는지 확신하지 못한다. 그것이 내가 평생을 붙잡고 씨름했던 주제였음에도 불구하고.

그 후 며칠 동안 어떤 일들이 이어졌는지 상상하기는 어렵지 않을 것이다. 어느 화창하고 고요한 아침, 시신들이 조각조각 해체되어 숯불 위에서 구워지기 시작하면서 욕망이 싹텄고, 사나흘 후엔 죽은 자와 부상자들이 나뒹굴었다. 그리고 며칠이 지나자 온 부족이 주섬주섬 새출발에 나서기 시작했다. 이러한 과정에서 그들은 만찬이 주는 모순된 쾌락, 자학적인 폭음, 그리고 광적이고 기괴한 난교의 수렁을 통과했다. 이 모든 일이 정확히 같은 순서로 반복되는 것보다 더욱 놀라운 사실은 여기에 어떠한 계획도 사전 준비도 없었다는 점이다. 그들은 그저 단조롭고 무미건조한 일상 속에서 서서히, 그리고 자신도 모르는 사이에 그들의 유일한 축제인 불타는 소용돌이 속으로 빨려 들어갔을 뿐이었다. 축제에서 겨우 살아남은 이들은 만신창이가 되었고, 어떤 이들은 영원히 그 안에 갇혀 빠져나오지 못했다. 그들은 마치 들리지 않는 음악에 맞춰 춤을 추듯, 자신들을 조종하는 무언가의 지배를 받았다. 그것은 느낄 수 있지만 만질 수는 없고, 한때는 부재했으나 지금은 현존하는, 그리고 실재하지만 뭐라 규정할 수 없는 마치 신의 존재와도 같은 것이었다.

며칠이 지나 사람들의 관심에서 놓여난 포로는 내가 한때 그랬듯이, 아직 연기가 피어오르는 넓은 모래밭을 조용히 걸어다니고 있었다. 나는 이 마을에 도착한 첫날 두렵고 놀란 마음을 안고 부족민들 사이를 배회했지만, 이 포로의 태도는 평온함을 넘어 오히려 실망에 가까워 보였다. 부족 사람들이 석쇠 위의 고기에 집중하거나 욕정에 정신이 팔려 그에게 관심을 보이지 않으면, 그는 마치 그들로부터 찬사나 복종을 기대하기라도 했던 듯 노골적으로 불만을 표했다. 마치 사로잡혔다는 사실 자체가 그에게 어떤 우월한 지위를 보장해 준다고 믿는 것 같았다. 그가 처음 상륙했을 때 많은 부족민들이 그를 둘러싸고 그의 관심을 끌기 위해 온갖 노력을 다 한 것은 사실이다. 내가 도착하고 처음 몇 주간 그랬듯, 그도 한동안 사람들에게 둘러싸여 있었다. 그러나 그는 나와는 달리 자신에게 쏟아지는 관심의 이유를 완벽히 이해하고 있는 것 같았다. 그의 오만하고 업신여기는 듯한 태도는 그 관심을 대수롭지 않게 여겨서가 아니라, 오히려 그 관심이 자신에게 모종의 권력을 부여하고 있다는 사실을 이미 알고 알고 있었기 때문이었다. 내가 확실하게 아는 것은 내 존재가 그의 심기를 거스르고 있다는 사실뿐이었다. 그가 내게 보내는 경멸의 눈빛은 부족민들에게 던지는 오만방자한 시선과는 달리, 미움으로 가득 차 있었다. 나는 그가 적을 염탐하듯 나를 훔쳐보는 모습을 자주 포착했다. 그는 내 시선을 철저히 피했는데, 마치 나를 외면함으로써 그에게 장애물이 되는 나의 존재 자체를 이 세상에서 지워버릴 수 있다고 믿는 것만 같았다. 그가 도착하던 날, 나와 정확히 똑같은 처지에 놓인 생존자를 처음 마주한 나는 저 수평선 너머로부터 마침내 내 편이 와 주었구나 생각했다. 그러나 그는 부족 사람들 사이에 있는 나를 보자마자 외면하면서 적대적으로 굴었다. 그는 알고 있었다. 그는 자신이 맡아야 할 역할을 완벽히 이해하고 아주 잘 수행하였을 뿐만 아니라, 내 역할까지도 꿰뚫고 있었다. 나는 그때문에, 그와 같은 부류로 여겨지는 동시에 거부당하는 듯한 썩 유쾌하지 않은 기분을 느꼈다. 인디언들이 평정심을 유지하는 짧은 기간 동안 다시 그를 에워싸자, 그는 마치 고귀한 인물이 하찮은 이들의 간청을 들어준다는 듯이 마지못하는 척 그들에게 귀를 기울이다가, 어떻게 해주겠다는 대답은커녕 내용을 제대로 들었다는 표시조차 없이 원래의 거만한 태도로 되돌아가곤 했다. 그러한 그의 태도에 분개한 인디언들은 때로 간청을 포기하고 끈덕지게 조르거나 협박하는 방향으로 선회하기도 했으나, 그들의 분노가 포로에게 겁을 주지 못하는 것만은 분명했다. 그는 몇 가지 젠체하는 태도만으로 부족 전체를 휘두르는 것처럼 보였다. 요리사들(지난 번과는 다른 사람들이었지만)은 그에게도 내게 보인 것과 동일한 예의를 갖추었으나, 포로는 그들을 대할 때조차 안하

무인이었다. 아직까지도 나는 그의 모욕적인 태도가 그의 본래 성격이었는지 그가 쓴 가면이었는지 궁금하다. 이 여름밤, 촛불 아래 이 글을 쓰고 있는 지금조차도 나는 부족민들이 나에게 기대했던 것이 무엇이었는지를 오랜 시간이 걸려 깨닫게 되었다고 믿고 있지만, 그 포로는 처음부터 알고 있었다. 어쩌면 그가 이웃 부족 출신이라 이들의 언어를 알아들었을 수도 있고, 아니면 그의 부족도 과거에 비슷한 공격을 받은 적이 있었다거나 비슷한 이야기를 전해 들었을 수도 있다. 어쨌든 그는 자신이 붙잡힌 이유를 정확히 알고 있었음에 틀림없었다. 이 사실이 그에게 일종의 특권을 부여했으며, 그는 그것을 남용했다. 내가 관찰한 바로 그는 부족민들로부터 뻔뻔하게 온갖 종류의 선물을 받으면서도 그것을 바치는 이들에게 어떠한 대가도 보장도 약속하지 않았다. 그것은 거의 갈취나 다름없었다. 그는 몇 달간 이 안락한 지위를 즐기다가 비가 추적 추적 내리던 어느 가을날 아침, 음식과 잡동사니를 가득 실은 카누를 타고 떠났다. 그는 말없이 꼿꼿이 서서 천천히 노를 저어 강을 거슬러 올라갔다. 그러면서 단 한 순간도 자기같이 대단한 인물에게 걸맞지 않은 열등한 인간들의 손님으로 지낸 것에 대한 언짢음과 경멸의 기색을 거두지 않았다. 그는 자신을 카누까지 배웅하는 원주민들의 떠들썩한 환송에도 미동 없이 무표정했다. 인디언들은 마치 그를 군주처럼 떠받들며 따라갔는데, 이들의 표정과 몸짓에는 그의 존중을 얻고 그의 기억 속에 자리 잡고자 하는 간절한 바람이 배어 있었다. 늦은 가을, 땅과 공기, 물과 하늘이 모두 단조로운 회색빛으로 물든 가운데, 그는 천천히 수평선 쪽으로 멀어져 가다가 결국 그것과 하나로 합쳐지면서 시야에서 사라졌다. 이 세상이 우리에게 끝도 없이 공급해주는 수많은 신기루들 중 하나처럼.

그즈음 원주민들은 이미 주기적으로 빠져들던 그 검은 구덩이에서 어렵사리 빠져나온 상태였다. 나는 그들과 십 년간 함께 하면서 똑같은 광기를 정확히 열 번 목격했다. 그 가운데 가장 기이하게 여겨졌던 것은 금욕 기간 동안에는 그들을 집어 삼키는 어마어마한 욕망의 어떤 징후도 겉으로는 전혀 드러나지 않았다는 점이다. 내가 오랜 노력 끝에 마침내 그들의 정글 같은 언어에서 나름의 길을 찾아내어 서투나마 의사소통을 할 수 있게 되었을 때, 호기심에 그들에게 여러 번 그 현상에 대해 에둘러 질문한 적이 있었다. 그러나 그들은 기억을 전부 잃어버리기라도 한 듯, 내가 무슨 말을 하는지조차 이해하지 못했다. 그들은 회피나 거짓을 몰랐다. 그들이 모른다고 말할 때는 단순히 잊어버렸거나 정말 아무것도 모르거나 둘 중 하나였다. 인디언들은 거짓말을 하지 않았다.

그들은 말수가 적었고 말을 할 때면 반드시 그럴 만한 이유가 있었다. 그들에겐 대화라는 개념이 존재하지 않았다. 그들의 논의는 대화라기보다는 짧고 간결한 의견을 주고받는 것에 가까웠다. 한 사람이 다른 이에게 어떤 생각을 건네면 수신자는 조용히 그것을 받았다. 가끔은 질문과 대답 사이에 몇 시간이 지나가기도 했다. 그리고 가끔 논의가 소란스러워지는 경우도 말의 양과 내용이 풍성해져서 그런 것이 아니라, 단 두세 개의 구절, 심지어는 고작 한 단어를 그저 다른 높낮이와 속도로 반복하는 것이 다였다. 서로 주고받는 의례적인 인사와 정형화된 표현들은 그들에게 필요악이었을 것이다. 그들의 인색한 언어 사용만 보아도 그들이 거짓말을 하지 않는다고 생각하기에 충분했다. 일반적으로 거짓말은 언어를 재료로 하여 빚어지는 것이며, 만드는 데 많은 어휘가 소요되기 때문이다. 그들의 망각과 무지는 진짜였다. 마치 그들이 지나온 암흑 같은 시기의 일부가 그들 안으로 들어와 마음을 검게 칠해버리고 기억도 가려버린 것만 같았다. 그 기억이 떠오른다면 그들도 분명 미쳐버렸을 것이다. 그들이 지나치게 몸가짐을 조심하는 이유는 언젠가 자기들이 저지를지 모를 끔찍한 일들을 엿보게 될까 두려워하는 동물적, 무의식적 본능 때문이었다.

외부 세계의 고난과 맞서야 하는 계절이 돌아오면 그들은 모든 것을 잊고 과거의 금욕적이고 형제애 넘치는 자아로 돌아갔다. 그것은 꼭 고귀한 동기에서 비롯된 것이라기보다는 광란의 의식을 제대로 치르기 위해서는 부족의 체력과 단합이 필수적이라는 본능적인 깨달음 때문이었을 것이다. 타락은 겨울의 끝과 함께 시작되었다. 강한 빛에 눈이 멀 듯한 나날이 계속되고 수치심마저 잊은 자아는 벌거벗은 채 가차 없는 진실과 마주해야 했다. 겨우내 무감동하던 이들이 서서히 광분 상태로 옮겨갔다. 그것은 단순히 계절이 바뀌는 일이 아니라, 한 세계에서 다른 세계로 이동하는 것과 같았다. 그들은 다시 모든 것을 잊었다. 절제, 금기, 심지어 혈연까지도. 그렇게 그들은 망각의 강과도 같은 어둠의 지대를 건너 급기야 절멸 직전까지 이르렀다. 일부는 다시 돌아오지 못했고 많은 이들이 불 속을 통과한 것처럼 심하게 상처 입었지만 그럼에도 피할 수 없는 일이었다. 내 생각에, 밀물과 썰물처럼 반복되는 이 순환이 그들의 가장 큰 불행의 원천이었다. 그들은 간절히 바라던 것을 손에 넣는 순간 화상을 입을 수 밖에 없는 운명이었다. 근신의 시기 동안 그들이 보여주던 과묵함은, 매일의 성실한 일상은 그저 겉모습에 불과할 뿐 자신들의 실상은 잊혀진 세계에 속한 존재들이라는 것을 스스로도 느끼고 있었던 데서 비롯된 것이었다. 그렇게 인디언들은 태어나서 죽는 날까지 구원받지 못한 영혼처럼 그 광활한 땅을 배회했다. 그들을 집어삼키는 불은 부족 전체에, 어디에나 있었지만, 여러 개가 아닌 단 하나였다. 그 불은 각 사람 안에서 저마다 다른 때에 피어오르는 것이 아니라, 모두의 내면에서 항상 타고 있다가 이따금씩만 겉으로 모습을 드러내는 단 하나의 불꽃이었다. 이글거리는 그 숨결에 휘말려 이리저리 내던져지는 인디언들은 더 이상 자기 행동의 주인이 아닌 11월의 폭풍 속에 휘날리는 먼지나 다를 바 없었다. 그들과 함께 지내며 내가 처음에 품었던 공포나 혐오감은 서서히 연민으로 바뀌어 갔다. 그들은 굶주림, 비, 추위, 가뭄, 홍수, 질병, 그리고 죽음으로 이루어진 자연의 폭력에 늘상 시달렸다. 그런데 이 폭력은 은밀하게 그들을 지배하는 더 거대한 어떤 힘의 일부였다. 전자에 대해서는 도구를 만들거나 피난처를 짓는다거나 하는 식으로 그 영향력을 약화시키려는 노력이라도 할 수 있었으나 후자는 감추어져 있기에, 인디언들에게는 이에 맞서 스스로를 보호할 힘이 없었다. 나는 그들이 강인하고 너그럽고 용기를 지닌 존재이며 그들이 아는 세계를 다루는 데에 능숙하다는 것을 잘 알았다. 그들이 만들어내는 도구와 그것을 다루는 솜씨만 보아도 그들이 거친 자연에 쉽게 주눅 들 사람들이 아니라는 점을 알 수 있었다. 그럼에도 불구하고 그들은 한밤중의 폭풍우 속 구명보트 위에서, 질서를 유지하려

헛되이 몸부림치고 있는 난파선 생존자들처럼 보일 때가 많았다.

십 년이라는 시간은 수많은 날과 시간, 분으로 이루어진다. 그 안에 숱한 죽음과 탄생도 포함됨은 물론이다. 처음 그 강가에 발을 디딜 때는 이상해 보였던 것들이, 시간의 물살에 의해 나 자신도 변화하고 깎이면서 점차 익숙해져 갔다. 누구라도 자신의 과거를 정확한 시간과 공간 속에 위치시켜 기억하기란 어려운 일이지만 나처럼 무(無)에서 비롯된 존재에게는 과거의 진실을 재구성하기가 훨씬 더 어렵다. 어떤 인간의 삶도 죽음 바로 직전의 또렷한 몇 초간의 순간보다 더 길지 않다. 이십 년, 삼십 년, 육십 년, 아니 심지어 일만 년이라 할지라도, 지나간 세월은 동일한 기간이자 똑같은 실재인 것이다. 제아무리 큰불일지라도 나중에 남는 유일한 진실은 재뿐인 것과 마찬가지이다. 그러나 모든 인생에는 하나의 결정적인 시기가 있다. 물론 그것도 다른 모든 것과 마찬가지로 순전히 환영일 뿐이겠지만, 그럼에도 그 시기가 결정적으로 우리의 모습을 형성한다. 그것은 다른 환영들보다 조금 더 짙어서 우리는 그 기억을 떠올리면서 인생이라는 단어에 일종의 형체를 부여할 수 있게 된다. 그 강가에 처음 왔을 때 나는 부드러운 점토였으나 떠날 때는 금강석 같은 바위가 되어 있었다. 비록 그곳에서 보낸 시간이 내가 살아온 세월을 감안할 때 길지 않았고, 그 이후로 내가 남들 보기에 중요하고 흥미로워 보이는 삶을 살았다고 할지라도 말이다.

나는 오랜 기간 인디언들과 섞여 살았기 때문에, 내 생활은 몇 달간만 마을에 머물다가 선물로 가득 찬 카누에 태워져 큰 강 너머로 보내졌던 다른 포로들의 호화로운 체류와는 달랐다. 나 역시 몇 가지 특권을 부여받고 눈에 띄지 않게 보호받기는 했지만 기본적으로 나는 그들과 좋은 시절도 어려운 시절도 함께했다. 다만 그들은 그들 나름대로 나를 축제로부터 배제하려 애썼고 마지막 몇 년간은 내 쪽에서 그 행사를 피해 사나흘 동안 숲속으로 떠나 있기도 했다. 그것은 혐오감 때문이 아니라 슬픔 때문이었다. 오랜 세월 나에게 친절과 배려를 베풀었던 사람들, 내가 애정마저 느끼게 된 이들이 반복해서 똑같은 수렁에 빠지는 모습이 나를 슬프게 했다. 그들의 언어를 배우는 일은 굉장히 어려웠다. 복잡해서가 아니라 너무 원시적이었기 때문이다. 무심히 본다면 그들의 언어가 그때그때 말하는 사람의 변덕에 따라 만들어지는 것처럼 보일지도 모른다. 하지만 나중에야 나는 그런 변덕조차도 우리가 부여한 일정한 법칙에 따라 해석되어, 결국 우리가 무언가를 알고 있는 듯한 착각을 일으킨다는 사실을 깨달았다. 그리고 바로 이 점에서도 인디언들의 삶은 내가 살았고 또 살게 될 다른 사람들의 삶과 극명한 대조를 이루었다. 그들의 삶과 언어는 지구라는 행성 자체, 인간이라는 종 자체의 맛이 났다. 무한하기는커녕 아직 완성되지조차 않은 세계, 구분이 이루어지지 않은 혼란스러운 생명, 눈도 형태도 없는 물질과, 소리 없는 창공의 맛. 그것들은 말하자면 재의 맛이었다. 몇 년 동안 나는 매일 아침 내가 짐승인지 벌레인지 아니면 침대에 누운 쇳덩이인지 모르는 상태에서 눈을 떴고 그러한 의심과 혼란 속에서 하루를 보내곤 했다. 마치 무서운 그림자들로 가득찬 어두컴컴한 꿈에 종일 붙들려 있다가 오직 잠의 망각을 통해서만 놓여나는 것 같은 나날이었다. 그러나 이제 늙은 나는 인간성에 대한 맹목적인 확신, 또는 인간 그 자체야말로, 우리 스스로의 존재를 끊임없이 의심하는 것보다 더 우리를 짐승에 가깝게 만드는 요인이라는 것을 안다.

물과 모래, 식물과 하늘로 이루어진 지평선을 나는 서서히 '결정적인 장소'로 받아들이기 시작했다. 처음 몇 달, 어쩌면 몇 년 동안 나는 눈을 수평선에 고정한 채로 무언가가 나를 이 고난, 더 정확히는 이 이질감으로부터 구출해주러 오기를 기다렸다. 그러나 그 소망은 세월 속에 스러져 갔다. 매일의 삶은 기만적일 정도로 촘촘한 밀도로, 무방비로 노출된 나의 옛 기억들을 서서히 침식해 갔다. 어쩌면 망각이란, 기억을 잃는 일이 아니라 기억하고자 하는 욕망을 잃는 일인지도 모른다. 우리에게 태어날 때부터 갖고 있는 것은 없다. 아무리 무미건조한 삶일지라도 날마다 조금씩 쌓이다 보면 가장 확고한 소망, 가장 강렬한 욕망까지도 무너뜨릴 수 있다. 경험은 마치 삽에 뜨여 관 위로 쏟아 부어지는 흙처럼 차곡차곡 우리 위에 쌓인다. 그렇게 나는 이곳에 도착한 지 2~3년이 지나자 마치 다른 곳에서는 살아본 적이 없는 것처럼 느끼게 되었다. 나를 둘러싼 것은 오직 이 질기고 두터운 현재뿐이었고 미래는 새로움이 아닌 더 많은 반복을 예고하고 있었다. 나의 소외감은 그러므로 놀람보다는 무기력을 동반하는 것이었다. 계절의 순환 속에 내 몸—기억도 목적지도 없는 한낱 물질에 지나지 않는—은 여러 사건들에 떠밀려 이리저리 옮겨져 다닐 뿐이었고 언젠가 이 익숙하면서도 낯선 몸으로부터 나를 끄집어내 줄 존재는 다름 아닌 언제 닥칠지 모를 죽음일 것이었다. 나는 더 이상 내 삶에서 다른 가능성을 꿈꾸지 않았다. 적어도 의식적으로는.

세상일이란, 대개 예상한 일보다는 뜻밖의 일이 벌어지기 마련이다. 어느 날 오후, 인디언 몇 명이 몹시 흥분하여 내 오두막으로 찾아왔다. 최근 들어 그들이 목소리를 낮춰 수군대면서 나를 흘끔흘끔 쳐다보는 것을 알고 있었다. 전에도 그들은 무언가를 부탁하기 전에 그런 식으로 행동하곤 했다. 나를 처음 사냥에 데리고 갔을 때나 폭풍이 오기 전에 작물을 수확하는 걸 도와달라고 부탁했을 때도 비슷한 모의를 했었다. 하지만 이번에는 달랐다. 오랜 시간 함께 지내면서 사그라들었던, 나를 향한 그들의 관심이 갑자기 예상치 못한 강도로 되살아나 있었다.

밖으로 나오자, 특별한 날에나 어울릴 법한 소란이 나를 맞았다. 부족 전체가 내 오두막 주위에 몰려 있었다. 남자 서너 명이 나를 밀거나 심지어 손가락으로 찌르면서 앞쪽으로 인도했다. 나를 해치려는 것이 아니라 서두르게 하려는 의도였으나 어쩌면 단순히 그들 역시 흥분을 주체할 수 없었기 때문이었을 수도 있다. 그들은 인파를 뚫고 가까스로 나를 강가까지 호위했다, 사람들은 서로 밀고 당기며 나에게 가까이 다가오려 안간힘을 쓰고 있었다. 모두가 나를 건드리거나 잡아 흔들고 심지어 어루만졌다. 많은 이들이 내 주의를 끌기 위해 나를 붙잡고 예의 그 과장되고 우스꽝스러운 몸짓을 취했으나, 그들의 간절하면서도 절망적인 눈빛은 그 연출이 가짜임을 드러내고 있었다. 그들의 마지막 남은 희망을 모두 그러모은 듯한 그 눈빛이야말로, 내가 그들에 대해 가장 오래도록 간직한 이미지인 동시에 그들이 극복하거나 감추고 싶어했던 그 무엇인가가 얼마나 끈질긴 것인지를 보여주는 궁극적인 증거였다. 어쩌면 이 고요한 밤, 펜을 꼭 쥐고 있는 이유도 바로 그 눈빛 때문인지 모르겠다. 그들의 눈빛은 언제나 말로 설명할 수 없는 어떤 것을 폭로하고 있었다. 나는 사람이 늪에 빠지는 모습을 직접 본 적은 없지만 만약 그러한—움직일수록 몸을 끌어내리는 힘에 일조하게 되므로 몸부림칠 기회조차 박탈당하는—상황에 처했을 때, 그 물컹한 수렁 속으로 빨려들어가고 있는 사람의 눈빛이 그들과 다르지 않을 것이라고 생각한다. 세상의 많은 사람들이 감추는 법을 배워온 그 눈빛은, 눈에 보이는 세계의 허위와 오만을 조용히 반박하는 진실의 목소리이다. 그것은 연민이 정당할 수는 있어도 무력하다는 것을 증명하며, 눈빛으로 조용히 드러나는 공포를 통해, 겉으로 드러난 것들의 허상을 발가벗긴다. 그 눈빛은 알 수 없는 힘에 사로잡혀 흐릿했지만 오히려 그 흐릿함 때문에 더욱 날카로운 진실을 담고 있었다. 그 눈빛은 그들의 어두운 기원을 너무도 선명히 드러냄으로써 결과적으로 하나의 계시가 되었다. 그 간절함을 마주하고 숨겨진 의미까지 꿰뚫어 본 사람이라면 결국 이 세계가 요구하는 대가가 무엇인지 알았으리라.

강기슭에는 내 전임자들에게 해 주었던 것처럼 음식을 가득 실은 카누가 물살에 까딱이고 있었다. 길을 비켜주려는 이들과 내 주의를 끌려는 이들로 양분된 인디언들의 충돌되는 움직임이 소란과 무질서를 키웠다. 나는 강하고 단단한 팔들에 들려 마지막 몇 미터는 땅을 밟지 않은 채 운반되었고 정신을 차려 보니 마법처럼 이미 카누 안에 앉아 있었다. 그와 거의 동시에 인디언들 몇 명이 물 안으로 뛰어들어와 카누를 강으로 밀기 시작했다. 나는 노에 손을 대지 않고 가만히 앉아 사람들이 카누를 밀게 두었다. 뭍으로부터 멀어져 가면서 나는 물가에 모여 있는 사람들을 뒤돌아보았다. 카누에 가장 가까이 있던 사람들은 허리춤까지 물에 잠긴 채 서 있었는데, 그 모습이 흡사 파도에 휩쓸려 대륙에서 떨어져 나온 작은 섬들처럼 보였다. 많은 사람들이 강가를 따라 달리며 손을 흔들었고, 한 사람은 물에 뛰어 들더니 배를 따라 헤엄쳤다. 그는 팔을 두세 번 저을 때마다 멈추고 고개를 내밀고는 자기 가슴을 치는 등 큰 몸짓을 하다가 다시 물 속으로 들어가 헤엄을 치곤 했다. 마침내 나는 노를 들어 방향을 잡기 시작했다. 배가 마을로부터 멀어져갈수록, 내 눈앞에 펼쳐진 광경들이 흐려지기는커녕 더 선명해졌다. 처음으로 그 부족을 전체이자 하나의 외적 실체로서 바라볼 기회가 생겼다. 특히 내 옆을 헤엄쳐 따라오는 남자나 강변을 따라 달리면서 손을 흔드는 사람들의 경우, 그들은 내가 그들의 행동과 얼굴을 알아보고 다른 이들보다 자기들을 더 오래, 생생하게 기억 속에 간직해 주기를 바라는 마음으로 그런 행동을 하는 것이었겠지만, 역설적이게도 그들이 부족에서 떨어져 있는 것만으로 내게는 더 흐릿해 보였다. 물론 지금도 나는 그들을 '카누 옆에서 헤엄치던 사람', '강가를 따라 달리던 사람들'과 같은 식으로 기억하고는 있지만 그들이 그런 형태로 기억되고 싶었던 것일지는 확신하지 못하겠다. 마침내 그들도 떨어져 나갔다. 수영하던 남자는 기진맥진해져서 물을 뚝뚝 흘리며 뭍으로 돌아갔고 강을 따라 달리던 이들도 조금 더 뛰다가 어느 순간 멈춰 섰다. 마지막 순간까지 그들이 반복하던 *데프-기! 데프-기!* 하는 외침도 어느새 끊기고 이젠 아무도 손을 흔들거나 자기를 군중으로부터 돋보이게 하려 우스꽝스러운 동작을 하지 않았다. 그들은 반원형 강가를 따라 늘어선 나무들을 배경으로 꼼짝하지 않고 서서 카누가 거의 물결조차 만들지 않고 외로운 석양 아래로 멀어져 가는 것을 바라보고 있었다. 누렇게 빛바랜 대지 위로 태양이 기울고 있었고 하늘은 녹색빛을 띠고 있었다. 나는 미지의 운명을 향해 노를 저어가던 그날 내가 느낀 감정을, 60년이나 지난 오늘 밤, 더 이상 내 앞에 펼쳐질 미래가 거의 남아 있지 않은 이 순간에야 감히 조심스럽게 말로 옮겨본다. 아무도 그 카누를 타고 강을 따라 내려가지 않았다. 아무도 존재하지 않았고 존재했던 적도 없다. 오직 그 자명한 공간 속에서 십 년 동안 길을 잃은 채 방황했던, 불확실하고 혼란스러운 어떤 존재만이 있었을 뿐이다. 그러다 강이 급하게 굽이치며 시야를 가리는 순간, 나는 그 꿈에서 영원히 깨어났다.

강물은 저녁 무렵까지 부드럽게 나를 싣고 흘렀다. 꾸준한 물살 덕에 카누를 조종하기는 어렵지 않았다. 몇 시간 동안 들린 것은 노가 첨벙이는 소리와 이따금 새들이 놀라 날아오르는 소리뿐이었다. 잠에 취한 악어들이 물가의 무너져가는 진흙 둑에서 미끄러지듯 물속으로 들어갔다. 이따금 물고기가 먹이를 향해 뛰어 오르기도 했는데, 그 높이래야 간신히 수면을 칠 정도밖에 되지 않았던 탓에 사냥 장면을 실제로 보지는 못했고 크고 작은 첨벙 소리와 뒤에 남은 하얀 물기둥 자국으로 그 모습을 짐작할 뿐이었다. 나는 금박을 입힌 것 같은 노란 물고기, 호랑이 같은 줄무늬를 지녔거나 녹슨 구리 같은 초록빛을 띤 물고기, 머리가 고양이나 뱀을 닮은 물고기를 보았다. 그 밖에도 사람의 두 배 길이가 되거나 몸집이 젖소만한 물고기까지 온갖 신비롭고도 다양한 생명체들이 그 강을 터전 삼아 살아가고 있었다. 내 안에는 어떤 바람도 견뎌낼 수 있는 작은 불꽃이 아직 타고 있는데, 나는 길을 잃은 채로 사방이 온통 새와 물고기, 야수, 심지어 괴물들로 들끓는 낯선 외부 세계를 홀로 표류하고 있었다. 밤이 되었다. 밤은 칠흑같이 어두웠고 달 없는 하늘에 별들만 무성했다. 그곳의 육지는 지형이 매우 편평해 지평선도 낮았다. 물에 비친 하늘이 너무나 선명해서 꽤 오랫동안 물이 아닌 검은 하늘 속을 유영하고 있는 것 같은 기분이 들었다. 노가 물을 스칠 때마다, 물에 비친 수백 개의 별들이 폭발하듯 부서지고 먼지처럼 흩어져 그것들을 떠받치고 있던 물 속으로 사라졌다. 물에 비친 별들이 반짝이는 빛의 점에서 형태 없는 얼룩으로, 무질서한 선으로 변해가는 것을 보고 있자니, 마치 내가 지나갈 때마다 내가 떠 있는 이 세계 자체가 소멸하거나 어둠에 삼켜지는 것 같았다.

피로해진 나는 강둑에 배를 대고 그 안에서 잠이 들었다. 새벽녘, 아주 가까이에서 들려오는 조심스러운 목소리에 잠이 깼다. "턱수염이 있군." 눈을 뜨자, 턱수염을 기르고 손에 총을 든 두 남자의 놀란 얼굴이 보였다. 그들은 번쩍이는 헬멧을 쓰고 있었고 피곤해 보였으며, 어딘가 조금 멍청해 보이기도 했다. 머리를 강둑 쪽으로 둔 채 누워 있던 내 위로 몸을 숙인 두 남자의 위아래가 뒤집힌 얼굴을 본 순간, 나는 소스라쳐 벌떡 일어났다. 꿈에서 막 깨어 정신이 없던 나는 그들이 자연의 장난으로 얼굴이 거꾸로 붙은 특이한 원주민 종족일 거라 생각했다. 내가 깜짝 놀라 일어나 앉자, 두 남자도 놀라서 뒤로 물러서며 무기를 들어 공격 자세를 취했다. 그제서야 나는 그들의 머리가 제대로 달려 있으며, 나를 바라보는 그들의 놀란 얼굴이 어린 시절 항구에서 숱하게 봤던 얼굴들과 비슷하다는 것을 깨달았다. 그들을 안심시키기 위해서 나는 내 지난 이야기를 하기 시작했는데, 내가 말을 하면 할수록 그들의 얼굴에 경악하는 빛이 더해가는 것을 보고서야 내가 인디언들의 언어로 말을 하고 있었다는 것을 깨달았다. 다시 모국어로 말하려 해 보았지만 이미 다 잊었다는 사실만 재차 확인했을 뿐이었다. 나는 안간힘을 쓴 끝에 몇 개의 단어들을 떠올려 내뱉는 데 성공했지만 그마저도 인디언 언어의 문법에 따라 단어를 조합한 것이었다. 비록 의사 소통을 하려는 내 노력이 그들에게 뭐라도 전달하는 데 도움이 되지는 못했지만, 결국 그 두 남자는 내 외모를 감안하여 나도 그 악몽 같은 장소의 이방인일 것이라 판단한 모양이었다.

그들은 나에게 따라오라고 명령했다. 하류로 조금만 더 내려가면 강가에 야영지가 있었고 조금 더 떨어진 곳에는 강 한가운데에 닻을 내린 배가 한 척 있었다. 새벽 풍경은 다가올 배제와 광기의 날을 예고하듯 단 한 가지 색으로 물들어 있었다. 남자들의 턱수염은 그들의 창백하고 불안한 얼굴을 가리는 뻣뻣한 가면 같았다. 그들과 의사 소통조차 변변히 할 수 없는 상황에서, 나는 인디언들 사이에서 지낸 지 십 년만에 다른 사람을 대하는 방법조차 잊어버렸다는 사실을 실감할 수밖에 없었다. 야영지에 도착하자, 그들은 강가에서 작업 중이던 사병들의 호기심 어린 시선으로부터 나를 분리하여 한 장교에게로 데려갔고 거기서 장교가 나를 심문하기 시작했다. 아무리 애를 써도 나는 그들이 하는 말을 거의 이해할 수 없었다. 그는 내가 알아 듣기 쉽도록 천천히 말했으나 내게는 어떻게 해도 소음으로만 들릴 뿐이었다. 어쩌다 몇 마디 분절된 소리들이 머릿속에 어떤 이미지를 불러올 때도 있었는데, 그것은 마치 사고로 부서진 아끼던 물건의 잔해 속에서 눈에 익은 파편 하나를 발견하는 것 같은 느낌이었다. 한편 내가 우리의 공통된 언어로 어렵사리 내어놓는 몇 마디 말은 인디언들에게서 배운 언어의 그물망 안에 담긴 형태였다고 할 수 있었는데, 그쪽이 훨씬 더 강하고 생동감 있으며, 무성하고 풍부한 것이, 마치 식물로 치자면 이곳의 토착 덩굴식물 같았다. 결국 우리는 몸짓으로 의사 소통을 하기에 이르렀다. 네, 강 상류로 하루 거리 안쪽에 인디언들이 있습니다. 강을 거슬러 올라가야 해서 시간이 더 걸릴 수도 있습니다. 그들은 콜라스티네족이라고 합니다. 아니오, 금이나 보석은 없고 창과 활, 화살은 있습니다. 네, 네, 그들은 사람을 먹습니다. 장교는 성급하게 고개를 저었다. 나중에 알게 되었지만 그는 이 땅에 발을 디딘 것이 처음이었고 그럼에도 내 기초적인 답변 하나하나를 자신의 의혹과 추정에 대한 확증으로 여겼으며, 인디언들의 모든 특성—심지어 가장 무해한 특징조차도—을 개인적인 모욕처럼 받아들였다. 그는 나조차도 의심하는 것 같았다. 마치 내가 이곳에 오래 머물면서 어떤 부정적인 힘에 오염되기라도 했다고 여기는 듯했다. 그는 나를 감금하려다가 바로 직전에 마음을 바꾸어 한 사제의 손에 나를 맡기는 데 동의했다. 그 장교는 그 나라에서 흔히 '훌륭한 사람'이라 불리는 유형이었다. 그는 검고 가지런한 머리와 깔끔하게 손질된 수염, 균형 잡힌 단단한 체격, 바다와 야외 활동으로 건강하게 그을린 피부를 지녔고, 그 이른 새벽 악어와 거미, 토착민들이 도사린 채 눈을 부라리고 있는 진흙투성이 강가에서조차, 마치 궁정 무도회에라도 참석하듯 풀 먹인 셔츠를 차려 입고 광 나는 금붙이들을 착용한 깔끔하고 우아한 모습이었다. 그는 나에게서 충분한 정보를 빼내었다고 판단하자마자 내 존재는 말끔히 잊기로 한 듯 바로 이런 저런 명령들을 내리기 시작했고, 부하들은 그 명령을 빠르고 충직하게 이행했다. 며칠간 지켜본 결과 선원들과 병사들 모두 그를 우러러 본다는 것을 알 수 있었다. 그가 던지는 무뚝뚝한 짧은 농담은 가혹한 노동에 시달리는 부하들에게 적지 않은 위안이 되는 것 같았다. 장교는 자신이 가진 권위를 잘 알고 있었고 부하들을 향한 연민과 애정도 있어 보였다. 그러나 나는 그를 처음 본 순간부터 알 수 없는 반감을 느꼈고 그 감정은 날이 갈수록 더 깊어졌다. 그들은 서둘러 나를 데리고 정박한 배로 돌아가서는 거기서 두어 시간 동안 요란하게 무기들을 늘어놓고 고함을 쳐가며 탐험을 준비했다. 배는 강 상류로 물을 거슬러 올라가다가 밤이 되었을 때 물가에서 멀리 떨어진 곳에 닻을 내렸다. 나는 갑판 구석에 웅크린 채 밤을 보냈다. 사제는 말없이 나를 챙겨주다가 가끔 궁금한 것들을 조심스럽게 묻기도 했는데, 나는 대답을 할 수가 없었다. 너무 피곤해서였는지, 아니면 내 존재 깊숙이 가라앉은 그 기억들을 표현할 말을 찾을 수 없었기 때문이었는지 모르겠다. 다음 날 아침 장교는 강둑을 가리키며 내게 다시 질문했고 나는 몸짓으로 마을이 멀지 않다고 설명했다. 나는 간밤에 또 다른 배 한 척이 우리 근처에 정박했다는 것을 알게 되었다. 우리 배의 선원들이 탐험 채비를 갖추는 동안 또 다른 배로부터 무장한 남자들을 태운 작은 배들이 우리 쪽으로 다가왔다. 장교는 나를 탐험에 데려가려는 것 같았다가 내게 느꼈던 그 불신 때문에—어쩌면 내가 그에게 품은 혐오를 눈치챘기 때문에—결국 나를 배에 사제와 함께 남겨두었을 뿐만 아니라 선창에 내려가 있도록 했다. 마치 내가 배신하

127

거나 그들에게 원주민들의 저주라도 걸까 두려워하는 것 같았다. 솔직히 말하면 애초에 나와 내가 겪은 일에 대한 사람들의 호기심에는 의심과 거부감이 뒤섞여 있었다. 그들은 내가 야만인들과 접촉했다는 이유만으로 나를 어떤 전염병에라도 감염된 사람처럼 대했다. 자신들이 속한 세계로부터 오랜 기간 떨어져 있었다는 것만으로, 나는 외부의 오염을 묻히고 돌아온 존재가 되어 있었다.

탐험대는 아침이 밝자마자 출발하여 저녁 무렵에 되돌아왔다. 그들은 내가 살았던 반원형 강가와 주변 숲, 그리고 마을을 찾아냈지만 그곳에는 온기가 아직 남아 있는 잿더미 외에 거주민의 흔적은 없었다. 나는 사제와 함께 다시 장교에게 불려가 피로한 손짓과 두 언어가 뒤섞여 어디 말도 아니게 된 짧은 어구들을 동원해 할 수 있는 한 최선을 다해 장교의 심문에 대답했다. 나는 인디언들이 배가 다가오는 것을 보고 내륙 깊숙이 숨었을 것이라고 말했다. 예전에도 홍수나 이웃 부족의 침략이 닥쳤을 때 그들이 그렇게 피신하는 모습을 여러 번 보았기 때문이다. 장교는 눈을 가늘게 뜨고는 침통하게 고개를 끄덕였다. 마치 이미 이런 모욕적인 결과를 예상하고 있었다는 식이었다. 그의 태도가 말하는 바는 이러했다. 즉, 인디언들은 무장한 병사들로 가득 찬 배들을 보고도 도망쳐서는 안되며, 어떤 의무감이나 책임감에서든 그를 기다리고 있었어야 했다는 것이다. 또한 그는 자신이 구상한 계획을 인디언들이 사전에 알고 있었어야 하고 그것을 즉시 승인함은 물론이며, 그 계획에 필요한 모든 행동도 마땅히 수행해야 한다고 믿고 있는 것 같았다. 인디언들 역시 그 계획에 대해 자신들 나름의 관점을 가지고 있을 수 있다고는 상상조차 하지 못하는 듯했다.

그들은 그 뒤로도 한참 의미 없는 질문을 되풀이하며 나를 괴롭힌 뒤, 나와 사제를 다른 배로 보냈다. 거기서 나는 다시 선원들의 호기심 어린 시선 아래 새로운 장교들에게 심문을 받은 후, 갑판 구석으로 내쫓겼다. 그들은 첫날 내게 아랫도리를 가릴 옷을 준 데 이어 셔츠와 신발도 내주었다. 처음에는 발이 도무지 신발에 들어가지 않았다. 옷을 입고 나서는 한동안 깔끄럽고 어색해서 내 몸이 내 것 같지 않게 느껴졌지만 차츰 내가 옷을 입었다는 사실조차 잊을 정도로 그 상태에 익숙해졌다. 이튿날 아침, 사제가 나를 깨워 수염과 머리카락을 다듬어 주고 음식을 챙겨 주었다. 그는 새벽에 또 다른 원정대가 출발했으며, 동시에 우리 배는 강 하류를 향해 내려가기 시작했다는 사실을 알려주었다. 나는 난간에 몸을 기댔다. 조용하고 텅 빈 강기슭과 바다로 흘러가는 크고 거친 강 외엔 아무것도 보이지 않았다. 배가 출발한 지 오래되지 않았지만 이미 인디언도 병사들도 보이지 않았다. 우리는 땅거미가 질 무렵 닻을 내렸다. 떠나온 강가로부터 아무 소리도 들려오지 않는 것이 점점 더 숨막히게 느껴졌다. 나는 특별한 이유도 없이 잔잔한 수평선을 뚫어지게 바라보았다. 그날 밤 오랜만에 모습을 드러낸 달은 가느다란 노란 활 모양이었다. 나는 모기가 들끓는 갑판 위에 서서 돛대와 로프들 사이로 무수히 많은 별들을 올려다 보았다. 별 아래 세상은 적막했다. 강 상류로부터 들려올 법한 속닥이는 물소리조차도 없었다. 잠든 갑판 위로, 종일 이어진 그 설명할 수 없는 침묵만이 내려앉아 있었다.

다음 날도 똑같았다. 새벽에 우리는 강 하구를 향해 출발했고 밤이면 어김없이 닻을 내렸다. 선원들은 우리가 그 편평한 버려진 섬에 두고 온 배에 대해서는 전혀 관심을 보이지 않았다. 나만 혼자 지나온 길을 되돌아보며 안절부절못하고 있었다. 셋째 날 새벽, 하늘이 밝아옴과 동시에 그토록 기다리던 신호가 모습을 드러냈다. 죽은 자들은 산 사람들과는 달리 밤에도 쉬지 않기 때문에, 벌써 우리를 따라잡아 수많은 시신들이 이미 뱃머리 앞으로 떠내려가고 있었다. 시체들 중에는 병사들도 있었지만 대부분은 인디언들이었다. 남자와 노인, 여자, 아이들까지 있었다. 병사들은 대부분 가슴이나 목에 화살이 깊이 박힌 상태였다. 나는 배꼬리로 달려갔다. 뱃머리에서와 마찬가지로, 좌현 우현 할 것 없이 시신들이 에워싸고 배와 거의 같은 속도로 따라오고 있었다. 그리하여 이삼일 동안 배는 말 없는 시체들의 호위를 받으며 항해했다. 선원들은 물에 떠 있는 잠든 얼굴들에서 아는 병사를 발견하면 이름을 부르며 반가워했지만 장교들은 시신들을 건지지 말고 그대로 놔두라고 명령했다. 뻣뻣하게 굳은 인디언들과 병사들이 한데 뒤엉킨 침묵의 행렬은 하구에 가까워질수록 점점 속도를 더해 갔다. 그리고 마침내 강이 바다와 맞닿는 지점에 이르자 그 시신들은 십 년 전 선장이 발견했던 '감해'로, 너그러운 큰 바다의 품속으로 뿔뿔이 흩어져 모습을 감추었다. 그리고 그날 나는 내가 탄 배가 이 바다를 지나 불타는 태양 아래 다리처럼 이어진 똑같은 날들을 건너, 선원들이 짐짓 엄숙하게 '우리 조국'이라 부르는 곳으로 향할 것이라는 얘기를 들었다.

나는 하루가 다르게 어린 시절의 말을 되찾았다. 처음 들었을 때는 도저히 해독할 수 없는 파편 같았던 단어들이, 천천히 내 안에서 되살아나 마침내 이전과 똑같이 온전하고 편안한 내 언어가 되었다. 먼저 기억 속으로 말들이 다시 찾아왔고 그다음에는 혈관 안에서 그 리듬이 느껴졌다. 이 모든 과정에서 사제의 도움이 컸으나, 그는 그 누구보다도 나를 많이 의심한 사람이었다. 질문의 방향으로 미루어 짐작건대 그는 인디언들—그들에 대해 아무것도 몰랐으면서—과의 동거가 온갖 죄악을 체험할 기회였다고 믿고 있는 듯했다. 그 사제는 서너 달 동안 나를 돌보다가 '다행스럽게도' 나를 다른 좋은 사람 손에 넘길 수 있게 되었다. 그는 나와의 접촉이 악마와 사귀는 것에 상응한다고 보았기 때문에, 그의 올곧은 성품과 성직자로서의 의무감만 아니었다면 진작에 나를 버렸을 것이었다. 내 존재는 그에게 연민보다는 공포를 불러일으켰다. 초반에는 나에 대한 이런 생각이 매우 광범위하게 퍼져 있어서 내가 살아있는 자체나 인디언들 사이에서 오래 머물렀다는 사실만으로도 죄가 되는 것인가 생각이 들 정도였다. 어쩌면 인디언들이 나도 모르게 그들의 탁한 본성으로 나를 물들여서, 나는 모두에겐 보이지만 내 눈에만 안 보이는 살아 있는 악의 표징 같은 것이 되어 사람들 사이를 돌아다니고 있었던 것이 아닐까 하는 생각도 했다. 내 긴 여정과 귀환은 모두 심문과 의심의 시선으로 점철되어 있었다. 모두들 내게서 자기들이 흥미를 느끼는 어떤 요소를 뽑아내고 싶어했지만, 정작 나는 그것이 무엇인지 몰랐다. 장교, 관리, 선원, 사제들은 모두 스스로도 뭐라 규정할 수 없는 동일한 집착으로 똘똘 뭉쳐 있었는데, 그들도 나도 그 실체 없이 집요하기만 한 의심이 정당한 것인지 아닌지 판단할 수 없었다.

단 한 사람만이 나를 의심하지 않았다. 그것은 나를 동정해서가 아니라 그가 신중한 사람이기 때문이었다. 그분, 케사다 신부가 세상을 떠난 지도 벌써 40년이 지났다. 마치 손으로 불씨를 나르듯 조심스레 나를 이곳까지 태워왔던 원정대의 사제는 나의 구원보다는 자신의 구원을 더 걱정하긴 했지만 어쨌든 그 둘은 서로 맞물려 있다는 순진한 확신을 가지고 있었다. 이곳에 도착한 내가 학자들과 귀족들 사이에서 심문을 받고 분석되며 이리저리 돌려지고 난 후, 마침내 나를 떠나야 할 때가 왔다고 느낀 그 사제는 나에게는 신에 귀의한 삶 외 다른 미래는 없다고 몇몇 고위 인사들에게 말했다. 내가 악귀에 들렸다고 확신한 그 사제 덕에 나는 케사다 신부를 만나게 되었다. 나는 그와 함께 하얀 마을이 내려다 보이는 언덕 위 수도원에서 7년을 보냈다.

군인들이 새벽녘 카누 안에 잠든 나를 발견하고부터 내가 호위를 받으며 말을 타고 수도원에 도착한 그 늦은 오후까지 여러 달의 시간이 흘렀고, 그동안 나는 혼탁한 웅덩이로 잠겨가듯 슬픔 안으로 깊이 가라앉고 있었다. 말은 입 안에서 한 줌 재로 변해버렸고 무심한 한낮의 빛 속에 모든 것이 더할 나위 없이 황량하게만 보였다. 아무도 모르는 곳에 틀어박힌 채로 세상에서 잊히고 싶다는 마음, 움직이기도 말하기도 싫다는 유혹이 매일 내 안에서 커져 갔다. 그 시기 동안에는 나뭇잎이 떨어지는 모습, 항구의 어느 뒷골목, 옷자락의 주름 같은 극히 아무것도 아닌 것에도 눈물이 났다. 때때로 나는 내 안의 무언가가 점점 줄어들어 사라지고 있음을 느낄 수 있었다. 그리고 내 몸을 시작으로, 온 세계가 낯설고 먼, 단조로운 붕붕 소리만 내고 있는 의미 없는 사물처럼 느껴지곤 했다. 이런 극단적인 감각에 사로잡혀 있지 않을 때에는 사물의 깊이나 질감도 느껴지지 않는, 마치 꿈속을 헤매는 것 같은 무감각하고 피폐한 상태로 하루를 보냈다. 이렇게 몇 달을 지나자, 급기야 손가락을 까딱하는 것조차 힘들 지경이 되었다. 나는 창 앞에 서서 많은 시간을 보냈으나 바깥 풍경을 보는 것도 유리를 보는 것도 아니었다. 아침에 일어나서 가장 먼저 바라는 것은 빨리 밤이 와서 다시 잠에 빠져드는 것이었다. 이곳저곳 끌려다니며 심문받고 관찰당하는 때를 제외하면, 나는 하루종일 내 삐걱거리는 침대 위에 누워 잠이 든 것도 깬 것도 아닌 상태로 멍하니 시간을 보냈다. 이제야 처음으로 깨닫는 사실이지만 그때 나는 망각에게서 도움을 구하고 있었던 것이었다. 모든 것을 잊음으로써 나를 여러 겹으로 내리누르던 이유 모를 슬픔과 고통으로부터 벗어나고 싶었다.

케사다 신부는 단지 내 곁에 있어주는 것만으로 나를 그 비참한 지경에서 건져내 주었다. 그는 그저 착하기만 한 사람이 아니었다. 그는 용감하고 지적이었으며, 맘만 먹으면 나를 몇 시간이고 계속 웃길 수도 있는 사람이었다. 다른 수도사들은 그를 탐탁잖아 하면서도 속으로는 부러워했다. 우리가 처음 만났을 때 신부는 쉰 살이었다. 덥수룩한 회색 수염과 듬성듬성한 머리칼 때문에 나이보다는 조금 더 들어보였으나 몸은 근육질로 단단했고 머리와 목도 꼿꼿했다. 그의 힘줄과 근육, 그리고 햇볕에 갈색으로 그을린 피부는 마치 세월에 뒤틀린 마른 목재나 나무 뿌리 같았다. 처음 만나던 날, 그는 말을 타고 돌아오는 길이었고 나는 그보다 조금 앞서 수도원으로 호송되는 중이었다. 뒤쪽에서 말발굽 소리가 먼저 들렸는데, 결정적으로 내가 고개를 돌려 말 탄 이를 확인한 것은 문을 열어주던 수도사들이 그에게 보내던 못마땅한 표정 때문이었다. 신부의 헝클어진 희끗한 머리칼은 지는 해를 받아 부드럽게 빛났고, 이마에서 광대뼈를 타고 흘러내린 땀은 먼지와 섞여 회색 수염으로 스며들고 있었다. 그의 얼굴에는 고분고분함으로 눌러 놓은 당당한 분위기가 있었다. 그가 날 보는 시선에서 그가 내 고통을 알아채었을 뿐만 아니라, 내 상황을 이해하고 불쌍하게 여긴다는 것을 즉시 알 수 있었다. 그럼에도 그 눈은 웃고 있었는데, 역설적이게도 나도 모르는 내 마음을 꿰뚫어 본 듯한 그 미소 때문에 나의 고통이 조금은 견딜 만하게 느껴졌다.

다른 수도승들은 불편해하던 그 미소는 불길 속에서도 녹지 않는 쇠와 같은 단련된 의지를 담고 있었다. 그런 면에서 그는 어쩌면 덜 인간적이었는지도 모르겠다. 그는 남들처럼 두려움이나 체념으로 무너지는 법이 없었기 때문이다. 고작 몇 초간에 지나지 않았던 그와의 첫만남으로 내가 용기나 통찰을 얻었다고까지는 말하지 못하겠지만 어렴풋하고 희미한 희망은 느낄 수 있었다. 케사다 신부는 고개를 끄덕여 우리에게 인사하고는 말머리를 돌려 마구간으로 향했다.

신부는 학식이 높고 어쩌면 지혜롭기까지 한 사람이었다. 나는 그에게서 사람이 가르칠 수 있는 모든 것을 배웠다. 드디어 내게도 아버지가 생긴 것이었다. 그는 나를 천천히 회색 심연으로부터 끌어내었고, 한 걸음 한 걸음씩 나를 인도해 세상이 제공할 수 있는 가장 좋은 것을 누릴 수 있게 도와주었다. 중립적이고 지속적이며, 단조로운 마음 상태가 바로 그것이었다. 열정과 무관심의 정확히 중간 지대인 그 상태는 가끔씩 은근한 고양감도 제공함으로써 그 가치를 증명했다. 그렇게 되기까지의 과정은 쉽지 않았다. 신부에게 있어 라틴어, 그리스어, 히브리어, 과학을 가르치는 것보다 더 어려운 일은 그가 지닌 용기와 그 필요성을 내게 심어주는 일이었다. 케사다 신부에게 배움이란, 너무 뜨거워 손으로 만질 수 없는 감각 세계를 붙잡아 다룰 수 있게끔 도와주는 집게 같은 것이었다. 반면 우연성의 순전한 힘에 사로잡힌 채 살아온 내게 그것은 이미 나를 잡아 먹은 야수를 사냥하러 나서는 것과 같은 일처럼 느껴졌다. 그럼에도 결국 그는 나를 성장시켰다. 여러 해가 걸리기는 했지만 나 또한 노력을 멈추지 않았던 이유는, 지식을 사랑해서가 아니라 나를 지켜봐 주는 신부의 인내와 우직함을 사랑했기 때문이었다. 나중에, 한참 후에 신부가 세상을 떠나고 나서야 나는 깨달았다. 만약 케사다 신부가 내게 읽고 쓰는 법을 가르쳐주지 않았더라면 내 삶을 정당화할 단 하나의 방법에 나는 영영 닿을 길이 없었을 것이다.

첫 만남 후 며칠간은 신부를 다시 보지 못했다. 나중에 그가 학술 토론 겸 논문 열람을 목적으로 코르도바와 세비야로 떠났다는 것을 알게 되었다. 케사다 신부는 그의 학식 덕에 상대적으로 운신이 자유로웠는데, 다른 수도승들의 눈에는 그게 과해 보인 모양이었다. 그러나 많은 저명 인사들이 그를 찾아와 자문을 구하는 터라, 아무도 뭐라 말을 하지 못했다.

말을 탄 케사다 신부는 키가 커 보였는데, 며칠 뒤 수도원 회랑에서 그가 걸어가는 모습을 보고 되레 키가 작은 편이라는 것을 알게 되었다. 그러나 역설적이게도 작은 키로 인해 그의 힘, 특히 지적인 힘이 응축되어 보이면서 더 강조되는 효과가 있었다. 그것은 힘이라기보다 '단단함'이라 불려야 할 성질의 것으로, 남을 설득하거나 무언가를 바꾸는 데 사용하기보다는 스스로를 흔들리지 않게 지탱하기 위한 것이었다. 그의 겸손은 독특했다. 그는 자기반성과 반어법을 사용해서 스스로를 희화화하곤 했는데, 이런 농담은 그를 좋아하는 사람들보다는 싫어하는 이들에게 더 큰 즐거움을 주었다. 호시탐탐 신부를 모함할 거리를 찾는 사람들은 그의 자기 비하에 그야말로 폭발적인 웃음으로 반응했는데, 그 상스럽고 과한 웃음이야말로 신부에게서 흠을 발견하고 싶어하는 그들의 미움이 겉으로 드러난 증거라 할 수 있었다. 케사다 신부는 그걸 알면서도 계속 스스로를 웃음거리로 만들었다. 그것은 순전히 자비심에서 나온 행동이었다. 그를 사랑하는 소수의 수도원 사람들은 그 모습에 속상해했지만, 신부는 마치 그들에게도 같은 겸손을 요구하듯, 그 마음을 모르는 척했다. 나는 차마 질문도 하지 못하고 외부인의 관점에서 모든 상황을 지켜보기만 했는데, 그의 행동에서 어디까지가 계산된 것인지 판단할 수가 없었다. 다만 차츰 다른 수도승들을 알아가면서, 그들 중 많은 수가 경건하고 너그러운 얼굴 뒤로는 권위를 등에 업고 가장 극악무도한 범죄를 저지를 수도 있는 자들이라는 것을 알게 되었다. 분명 케사다 신부는 그들의 실제 모습, 그러니까 무지하고 미신적이며, 비열하고 기회주의적이고 좀스럽고 유치한 그 실체를 알았기 때문에, 그러한 면을 건드리지 않기 위해 자기 자신을 낮추었을 것이다. 그것이 결과적으로는 스스로를 보호하는 일도 되었다. 수도승들의 유순하고 점잖은 외양으로 짐작하기는 어렵겠지만 그들은 사람을 화형대로 보내고도 남을 인간들이었기 때문이다. 종교적 기준에서 보면 케사다 신부도 흠결이 없는 사람은 아니었지만, 다른 이들은 똑같은 결점을 가지고 있으면서도 케사다 신부처럼 그것을 상쇄할 덕목은 지니고 있지 않았다. 사람들은 그가 코르도바와 세비야에 첩이 있어 그토록 자주 방문하는 것이라고들 수근거렸다. 나는 그 소문에 조금도 관심이 없었고 확인해 볼 생각도 하지 않았지만, 그가 와인을 각별히 사랑했다는 사실만큼은 잘 알았다. 그렇다고 해서 그것이 신부를 타락하게 만드는 것 같지는 않았고 내가 보기에는 오히려 술이 그를 더 훌륭하게 만드는 것 같았다. 겸손한 성품 탓에 평소에 내보이지 않던 자질들이, 친구들과 함께 와인을 나눌 때면 자신도 모르는 사이에 빛을 발하며 그를 더욱 매력적으로 만들었다. 밤이 새도록 그는 세상 모든 주제로 우리를 즐겁게 해주었다. 그는 생각이 트인 훌륭한 철학자였고 끈기 있고 꼼꼼한 사상가였으며, 물리학이나 신학 뿐만 아니라 매일의 일상도 사랑하는 생활인이었다. 그가 정말 많이 취했을 때는 울적해지는 경우도 있었는데, 그것도 다른 사람들의 운명을 걱정하는 연민 어린 슬픔이었지 나는 7년간 단 한 번도 그가 자신의 삶을 놓고 한탄하는 것을 들은 적이 없었다. 밤을 지새우고 선선한 바람이 불어오는 새벽녘이 되면, 그는 술기운에 땀을 흘리며 조용히 허공을 바라보다가는 갑자기 고개를 가로젓고 이야기를 시작하곤 했다. 예를 들면 키레네 사람 시몬*의 잔인한 운명이 그를 십자가의 길에 세우고 그리스도의 고난의 도구가 되도록 했다던가 성 베드로가 세 번 그리스도를 부인한 후 울음을 터트린 이야기를 꺼내기도 했다. 그쯤 되면 그의 친구들은 서로 웃음 띤 눈짓을 주고받고는 작별을 고했다. 5분 안에 신부가 안락의자에 앉은 채로 코를 골기 시작할 걸 잘 알았기 때문이다. 나는 횡설수설하면서도 고분고분한 그를 의자에서 일으켜 세워 방까지 부축했다. 그리고 침대에 뻗어 잠든 신부의 모습을 확인하고는 문을 닫았다. 술에 대한 그의 애정은 해를 더할수록 깊어졌고 처음에는 한 달에 한 번 정도이던 친구들과의 술자리가 나중엔 일주일에 한두 번, 많을 때는 세 번까지도 열렸다. 신부는 자신의 심한 허리 통증을 와인

---

*   Simon of Cyrene. 개신교에서는 구레네 사람 시몬으로 알려져 있다. 신약성서 마태오의 복음서(마태복음) 27장 32절에서 예수가 십자가를 지고 골고타(골고다) 언덕을 오르다 기력이 다하자 로마 병사가 이 사람을 끌어다 억지로 예수의 십자가를 대신 지고 가게 하였다.

만이 누그러뜨릴 수 있다고 주장했다. 그러나 생의 마지막 몇 달 동안 그는 술을 전혀 마시지 않았었고, 나는 지금까지도 그래서 그가 죽은 게 아닌가 생각하곤 한다. 내가 확실히 아는 한 가지는 신부가 어느 이른 아침에 말을 타고 외출했고 몇 시간 뒤에 말만 혼자 돌아왔다는 사실이다. 우리가 저녁 무렵에 그를 발견했을 때 그는 언덕의 한 외진 구석에 홀로 누워 있었다. 그의 흰 수염 위에 코에서부터 흘러나온 핏자국이 말라붙어 있는 것을 제외하고 눈에 띄는 외상은 없었다. 우리는 결국 사망 원인이 낙마였는지 습격이었는지 알아내지 못했다. 그때는 한여름이었고 신부는 탁 트인 하늘 아래, 그의 지성이 평생 씨름해온 그 강렬하고도 수수께끼 같은 빛을 바라보며 서서히 죽어갔을 것이다.

비록 케사다 신부가 내 '사례'에 깊이 흥미를 갖고 있다고 표현하기는 했어도, 그가 나를 돌보는 수고를 마다하지 않았던 것은 호기심이 아닌 연민 때문이었다. 여기서 잠깐, 선장과 내 동료들의 죽음을 목격한 사람들의 존재를 언급하고 넘어가야 할 것 같다. 당시 해변에 정박되어 있던 배 위에서, 거기 남아 있던 대다수 선원과 군인들이 살상 장면을 목격했다. 그 이야기는 그들이 귀환하자마자 모든 큰 도시들에서 몇 달씩 입에 오르내리며 부풀려지고 왜곡되었을 뿐만 아니라, 항구 도시에서 궁정으로, 그곳에서 또 금융가로 쉬지 않고 퍼져 나갔다. 이전에 아프리카나 인도 같은 다른 지역에서 있었던 비슷한 사례들이 보고된 적이 있었다. 그중 한 경우에는 원주민들이 선원 한 무리를 납치했는데, 살아남은 선원들이 철수하는 대신 동료들을 구출하러 나섰다. 그러나 그들이 마을에 도착했을 때는 원주민들이 이미 포로들을 요리도 하지 않고 먹어 버린 후였다. 남아 있는 것은 뼈 무더기와 가죽을 벗겨 낸 머리뿐이었다고 한다. 그 원주민들이 인간인가 하는 주제는 많은 논쟁을 낳았다. 일부는 그들을 인간으로 여기지 않았고 또 어떤 이들은 그들이 인간이기는 하지만 분명 기독교인은 아니라고 했다. 그리고 대다수는 그들이 기독교인이 아니라면 인간도 될 수 없다고 생각했다. 때때로 케사다 신부는 수업 중에 내게 당황스러운 질문을 던지고 내 반응을 기록하곤 했는데, 더 자세한 내용을 알아내기 위해 했던 말을 다시 반복해 달라고 요구하기도 했다. 그 사람들은 통치 조직을 갖고 있었나? 사유 재산은? 배변은 어디에서 어떤 식으로 이루어졌나? 이웃 부족과 물물교환이 있었나? 그들은 음악 활동을 했나? 종교는 있었는가? 팔이나 코, 목, 귀, 또는 신체 다른 부위에 장신구를 착용했나? 식사는 어느 손으로 했나? 케사다 신부는 이렇게 수집한 정보들로 『어느 버려진 소년에 관한 보고서』라고 이름 붙인 소논문을 한 편 썼다. 그 안에 우리의 대화들이 전부 기록되어 있었다. 그러나 그 당시 나는 아직 내게 일어난 일들로 인한 충격에서 다 벗어나지 못한 상태였고 신부에 대한 경외심도 깊었던 탓에, 정작 본질적인 수많은 일들에 대해서는 그가 먼저 묻지 않는 한 차마 입에 올리지도 못했다. 한번은 그가 친구들과 함께 이야기하던 중에 웃으며 고개를 젓더니 말했다. 그 인디언들은 아담의 후손들이라고. 이제껏 알려지지 않았다뿐 그들의 삶과 행동을 보면 아담의 자손임에 틀림없고 따라서 그들도 우리와 똑같은 인간이라고 했다. 나는 속으로 생각했다. 실은 그 인디언들만이 이 땅 위에 인간이라고 부를 수 있는 유일한 존재라고. 그들이 나를 돌려보낸 그날 이후로, 케사다 신부만 제외하면 나는 괴상하고 문제가 많은 존재들 밖에 만나지 못했다. 오로지 관습과 전통만이 그들에게 '인간'이라는 허울 좋은 이름을 붙여 놓았을 뿐이었다.

수도원은 본디 칩거를 위한 장소여야 했지만 실상은 오고 가는 발걸음이 끊이지 않는 곳이었다. 명문가 출신 수도승들은 각자 하인을 두고 있었고, 매 시간마다 외부로부터 방문객이 드나들었다. 친척, 초대 손님, 소작농, 장인, 행상, 그리고 근방을 지나가는 수도승들이 수도원에 묵었다. 모든 수도승들은 저마다 친구나 후견인의 방문을 받았고 심지어는 애인을 몰래 들이는 이들도 드물지 않았다. 신참 수도승들은 이미 서품을 받은 수도승들의 심부름꾼이었고 종교 축일들은 이른 아침 미사로 시작되어, 하루나 이틀에 걸친 온갖 종류의 유흥, 축제로 마무리되곤 했다. 가끔 수도원장이 신부들을 불러 모아 축제 시 자중을 명하기도 했으나 정작 그 자신도 고위직에 있는 친지들이나 예술가들을 초대하여 성인을 기린다거나 하는 명목의 행렬이나 시 경연 대회 따위를 개최하고는 그 수준을 놓고 인근 수도원과 은근히 경쟁하곤 했다. 한번은 궁정 화가 한 사람이 식당에 '마지막 만찬'을 그리러 와서 우리와 함께 머문 적이 있었다. 그는 사전 작업을 한다고 엄청난 수선을 떨면서 일 년 가까이나 수도원에 머물렀다. 그는 우리의 얼굴 정면과 옆모습을 면밀히 관찰했고 손을 보여달라거나 이상한 자세들을 취하라고 요청하더니, 나중엔 온갖 종류의 의상들을 갈아 입게 했다. 마침내 그는 모델들을 선정하고는 그림 작업에 착수했다. 수도원 전체가 그의 마음대로였고 모든 사람이 그의 수족이었다. 여기에는 수도원장도 포함되어 있었는데, 원장은 대단한 예술가를 모시게 된 것에 기뻐하며, 순순하고도 공손하게 화가의 온갖 비위를 맞춰 주었다. 그 화가는 늘 자기가 원하는 것은 그 즉시 대령할 것을 요구하는 사람이었고 그가 그림을 그리는 방 앞을 지날 때면 다 들으라는 듯 큰 소리로 혼잣말하는 소리가 들리곤 했다. 그러다 가끔씩 하루 해가 저물어 빛이 부족해질 무렵이면 그는 피곤하다는 듯이 모델들을 돌려보내고 도구들을 꼼꼼하게 정돈한 뒤, 망토 안에 와인 한 병을 숨겨서 케사다 신부의 책으로 둘러싸인 방을 찾았다. 거기서 그는 자정이 지나도록 신부와 조용히 고상한 대화를 나누곤 했다.

오직 케사다 신부의 존재만이 내가 수도원에 남아 있었던 이유였다. 내 의지대로였다면 그렇게까지 오래 머물지 않았을 것이다. 나는 야외 생활과 절대 적막, 그리고 고독에 익숙해 있었기에, 수도원의 그 모든 번잡함이 어지럽게 느껴졌다. 그뿐 아니라, 신부는 나를 거듭나게 하려는 모든 종교적 노력이, 적어도 나에게만큼은 단조로운 주문이나 공허한 의식의 반복에 지나지 않는다고 생각했다. 수도원에 도착하고 처음 며칠간 나는 구마(驅魔) 사제의 보호 아래 있었다. 그는 라틴어로 된 기도문으로 내게서 악령을 쫓아내려 애를 썼는데, 그러기를 몇 주가 지나자 케사다 신부가 개입해서 나를 내버려 두게 했다. 그 후로 나는 케사다 신부의 시중을 들고 그의 방을 청소하게 되었다. 그리고 그는 조금씩 내게 읽고 쓰는 법을 가르쳤다. 내가 빠르게 학습하는 걸 보고 신부는 내게 다른 것들도 가르쳐주기 시작했는데, 그의 말을 빌자면 내가 어머니 뱃속에서 갓 나온 발가벗은 신생아처럼 세상에 방금 태어났기 때문이었다. 나는 말을 거의 하지 않았고 그는 내 침묵을 존중했다. 그가 세상을 떠나기 얼마 전, 내게 이런 말을 한 적이 있었다. 세상에는 두 가지 종류의 고난이 있는데, 첫 번째 종류의 고난은 그것을 겪는 사람이 자기가 고통받는 것을 알고 있으며, 고통받는 중에도 더 나은 삶이 무엇인지 알기에 그로부터 멀어져가는 것도 느낀다고 했다. 그러나 두 번째 고난에서는, 당사자가 스스로 고통받고 있다는 사실조차 의식하지 못하는 채 그가 보는 세상이 온통 잿더미 같이 황량하게만 느껴진다고 했다. "구마사들이 라틴어 기도문으로 그 고통을 몰아내려고 시도는 해 볼 수 있겠지", 케사다 신부가 내 눈을 피하며 말했다. 분명 내 얼굴에 그 정체 모를 고통이 드러나 있는 것을 보기 두려웠을 것이다. "그렇지만 사실, 아무도 그 깊이를 측량할 수는 없어. 그 고통을 완전히 제거하는 길은 세계의 종말 뿐이야."

그 좋은 분을—진실을 직면하는 일에 있어서 한 치의 물러섬도 없었던 사람을—어느 여름 저녁, 사람들이 다시 수도원으로 데려왔다. 흰 수염에 핏자국이 말라붙은 모습으로 그는 말없이 누워 있었다. '아버지'*라는 말은 그에게 붙일 수 있는 가장 정확한 이름

---

* 스페인어로 Padre. 줄곧 화자가 케사다 신부를 지칭해 온 호칭이다. 영어의 father와 마찬가지로, '아버지'와 가톨릭 사제를 일컫는 호칭인 '신부', 두 가지 의미를 지닌다.

이었다. 무(無)에서 태어나 몇 번이고 다시 태어나며 천천히 뿌리로 돌아가고 있던 내게 케사다 신부는 진짜 아버지였다. 흙이 그의 관을 덮자마자 나는 얼마 안되는 짐을 챙겨 말에 올랐다. 그리고 나 자신을 잊기 위해 도시로 갔다.

몇 년간은 그야말로 재와 그림자의 나날이었다. 나는 산 사람 같지 않은 몰골로 떠돌아 다녔다. 세상은 무분별하게 뒤죽박죽이거나 빈 껍데기뿐이었다. 내가 표류하던 생명 없는 땅들에는 나 말고도 다른 실체 없는 쓰레기들이 기적적으로 인간의 외양을 닮은 모습을 한 채 나처럼 부유하고 있었다. 내가 살아남은 것은 확실히 기적이었다고 밖에 말할 수 없다. 잠시 하찮은 임시직을 얻었을 때를 제외하고 대부분의 날들을 나는 구걸하거나 쓰레기 더미를 뒤져 연명했다. 물론 시절이 어려웠고 내 삶의 방식이 세상의 다른 사람들의 것과 좀처럼 어우러지지 않기도 했지만, 그 시절의 나는 세상과의 충돌로 인한 혼란에서 벗어나지 못한 상태였고 살아야 할 이유도 욕망도 남아 있지 않았다. 그전까지는 내게 존재와 삶은 같은 것이었고, 살아간다는 것은 비록 쓴맛은 날지언정 끊이지 않고 흘러나오는 샘물 같은 것이었다. 하지만 고향에 돌아온 뒤로 내 삶은 나와 별개의 것이 되었다. 삶은 내가 멀리에서 바라보는 어떤 것, 깨지기 쉽고 이해할 수 없으며, 작은 충격에도 파괴되어 버리고 마는 무언가였다. 내 인생은 나라는 존재로부터 튕겨져 나간 상태였고 그렇기 때문에 인생도 나도 둘 다 깜깜하고 쓸모 없게 느껴졌다. 가끔 나는 아무것도 아닌 존재보다도 더 하찮게 느껴졌다. '아무것도 아닌 존재'가 동물적인 고요와 체념이라면, 그에도 미치지 않는 상태란 곧 느리고 끈적이며 무력한 혼돈이었다. 그 혼돈에는 언어가 없으며 욕망이라는 동력조차 결여되어 있기에, 그러한 상태에 있는 사람은 자기혐오와 소멸하고 싶은 소망 사이, 앞이 보이지 않는 중간지대인 림보를 헤맬 뿐이다.

그러나 기대하지 않았던 평화가 가장 뜻밖의 장소에서 나를 기다리고 있었다. 어느 날 밤, 허름한 술집에서 내 옆 테이블에 있던 술에 취한 일행이 말을 걸어왔다. 노인 한 명과 청년 한 명, 그리고 네 명의 여성으로 구성된 무리였다. 그들은 내가 약간 학식을 지녔다는 사실을 눈치채고는 나를 문인이나 학자로 여기는 듯했다. 그리고 나는 그들이 배우들이라는 것을 알게 되었다. 와인 덕분에 우리는 빠르게 가까워졌다. 그들은 마을에서 마을로, 도시에서 도시로 떠돌며 유치한 공연으로 근근이 생계를 잇고 있었다. 노인은 다리를 약간 절었고 가난했지만 품위가 있었으며, 지적이고 대화의 즐거움을 아는 사람이었다. 내가 라틴어와 그리스어를 읽을 줄 알고 테렌티우스와 플라우투스에 대해서도 안다는 걸 알아채자, 그는 자기 극단에 합류하여 위험과 이익을 함께 나누자고 제안했다. 청년은 그의 조카였는데, 모든 여자를 '사촌'이라고 불렀다. 노인의 제안은 내게 무대 위의 삶과 쓰레기 더미 속 삶 중 하나를 택하라는 것이나 다름없었지만 그런 속내는 드러내지 않고 밤의 와인이 주는 용기를 빌어 그 제안을 수락했다.

그렇게 우리는 길 위에 올랐다. 포장을 씌운 마차 안에서 나는 올리브 나무들과 밀밭, 자갈밭이 꾸준히 스쳐 지나가는 걸 지켜보았다. 때로 그 텅 빈 들판들이 내 과거에 한 번 있었던 '어제'를 불러일으키기도 했다. 어느 나른한 봄날 오후, 우리는 냇가 근처 나무들 사이에 쉬어 가기 위해 자리를 잡았다. 다른 사람들이 낮잠을 자거나 산책하는 동안 나는 노인에게 내 이야기를 들려주었다. 그는 연민과 놀람이 섞인 얼굴로 귀를 기울였고, 내가 말을 끝내자 갑자기 내게 가까이 다가오더니, 조심스럽게 주위를 살피면서 낮지만 열띤 목소리로 설득을 시작했다. 그는 자기가 하려는 제안이 마치 숨겨진 보물이라도 되는 양, 누군가 몰래 엿듣고 가로챌까 염려하는 눈치였다. 그에 따르면 오래전에 내게 일어났던 그 일은 이미 대륙 전역에 알려졌고 수없이 입에서 입으로 옮겨지는 사이 이미 전설이 되었다고 했다. 그 사건을 바탕으로 우리 극단이 희극을 만들어 무대에 올린다면 돈방석은 보장된 것이나 마찬가지라고 했다. 노인은 몸을 살짝 내게 기울이고 눈을 가늘게 뜬 채 깜박이지도 않고 대답을 기다렸다. 나는 우리의 '예술'이 얼마나 황당하고 우리의 목표가 얼마나 속물적이고 천박한지 너무도 잘 알았지만 종종 무관심이 대성공의 비결이 되기도 하는 법이다. 그 극단이 하는 일들이 가끔은 범죄의 경계를 아슬아슬하게 넘나들기는 했지만 적어도 그들이 나에게만큼은 늘 우호적이고 충실했기에, 나는 그들을 위해 희곡을 쓰고 연기도 하기로 했다.

어려울 건 없었다. 나는 대본에 진실은 한 톨도 넣지 않았고 어쩌다 실수로 섞여 들어간 것은 노인이 발견하여 지우게 했다. 중요한 것은 정확한 내용보다는 관객의 기대를 충족시키는 것이었다. 노인은 그것을 경험으로 알고 있었다. 대본이 완성되자, 그는 단원들을 불러 모으고 나에게 그것을 낭독시켰다. 낭독이 끝나자, 가장 근엄하고 지적인 표정을 짓고 있던 나의 엄선된 관객들이 나를 에워싸고 운율의 완벽함과 플롯의 수학적 정밀함을 상찬하며 환호했다. 우리는 곧 연습에 들어갔다. 노인이 선장을, 그의 조카가 내 동료들 전부를, 그리고 여자들이 야만인들을 맡았다. 자연스럽게 나는 하나 남은 배역, 나 자신을 연기하게 되었다.

공연이 시작되었다. 첫 공연 이후로 어디를 가도 소문이 우리보다 먼저 도착했다. 유명해진 끝에 궁정에 불려가 왕 앞에서도 공연을 하게 되었다. 나는 놀라움을 감출 수 없었다. 관객들의 열광적인 반응을 보며, 혹시 내 희곡이 나도 모르는 사이에 비밀스러운 메시지를 발신하면서 관객들에게 영향력을 발휘하고 있는 것은 아닐까 의심할 정도였다. 아니면 혹시 우리는 우리의 배역을, 관객들은 그들의 배역을 연기하고 있었던 것은 아닐까? 우리 모두가 사실은 거대한 희극 속의 일부인지도 몰랐다. 내가 많은 역할은 플롯 속의 작은 부분에 지나지 않고 큰 플롯은 등장인물인 우리에게는 보이지 않는, 혹시 그런 희극은 아니었을까? 만약 그렇다면 우리의 조잡한 연기도 정해진 이야기 안에 포함되어 있었을 것이다. 그렇지 않고서야 우리에게 쏟아진 그 모든 박수와 영예, 잔치와 금화들이 설명될 길이 없지 않은가. 우리의 연극을 즐기러 온 왕들은 그 안에서 우리는 보지 못한 무언가를 발견한 것임에 틀림없었다. 매번 공연 뒤 우리에게 후하게 보상하라는 지시를 내린 이유를 그렇게밖에는 이해할 수 없었다. 나는 이 애매한 승리의 시간 속을 덤덤하게 통과했다. 반면 동료들은 돈 되는 순수함을 지닌 이야기꾼답게 의심 없이 즐거워했다. 이들은 자신들의 순수함, 무지함으로, 진실을 사랑한다고 자처하는 관객들에게 세상의 달콤한 면을 보여주고 그 열매를 맛보았다. 동료들 생각에 우리가 이렇게 잘 풀리는 것은 곧 이 세계가 공정하고 질서 잡혀 있다는 확실한 증거였다. 우리는 그 착각에 기대어 몇 해를 보냈다. 무엇보다 놀라운 건, 그러는 동안 이 모든 사기를 고발하는 상식적인 목소리가 단 한 번도 들려오지 않았다는 사실이다. 우리를 반기는 끊이지 않는 칭찬과 환호 가운데, 나는 언제라도 단 한 번만이라도 우리의 기만을 폭로하는 의심과 책망의 침묵을 만나게 되길 기다렸다. 그러다 결국 깨달았다. 내가 기다리던 그 침묵은 처음부터 내 안에 존재하고 있었으며, 그것이 궁정과 도시의 터무니없는 야단법석 속에서 모든 군중을 생명 없는 꼭두각시, 또는 자기 의지가 없는 유령 같은 형상으로 변모시키고 있었다. 스스로를 인간이라 부르는 그 빈 껍데기들 덕분에 나는 쓴웃음을 배웠다. 그것은 거창한 이론을 주워 섬기는 자들과는 달리, 경험에서 오는 우위를 지닌 자가 짓는 씁쓸하면서도 어딘가 우월한 웃음이었다. 우리가 올린 연극의 성공으로 나는 동시대 인간들의 본질에 대해서 더 많이 알게 되었다. 전쟁의 잔혹함이나 자본의 횡포, 악을 정당화 하기 위한 온갖 도덕적 줄타기조차도, 그것만큼 나에게 인간에 대해 알려주지는 못했다. 내가 쓴 바보 같은 대사에 터져나오는 박수 갈채야말로 사람들의 절대적 멍청함을 가장 잘 보여주는 증거였다. 매 공연마다 나는 마치 지푸라기로 속을 채우고 해진 옷을 입은 허수아비나 바람으로 부풀린 형태 없는 풍선들 앞에 서 있는 듯 느껴졌다. 때때로 나는 관객 중 누군가가 반응해 주었으면 하는 바람에, 일부러 내 대사를 뜯어 고쳐 엉뚱하고 의미 없는 소리를 지껄이기도 했다. 나는 그걸로 관객들이 이 모든 것이 사기임을 깨닫기를 바랐으나 내 작전은 그들의 반응에 조금의 차이도 불러오지 못했다. 그들 외부의 어떤 요소가—어쩌면 우리의 명성이나 이 연극의 배경이 된 야만인 전설이—우리 연극에 깊은 의미가 있는 것처럼 믿게 했을 수도 있고, 그래서 그들이 즉각적이고도 기계적으로 극에 빠져들었는지도 모른다. 다른 나라들에서도 우리를 초청하기 시작했다. 다른 언어를 쓰는 관객도 우리 공연을 이해할 수 있도록 하기 위해서 노인과 나는 하룻밤을 들여 연극을 무언극으로 각색했다. 누군가가 극의 주요 사건들을 설명하는 프롤로그를 현지어로 읽어 주면 그다음에 우리가 무대로 나가서 그 내용을 연기하는 식이었다. 말이 빠지자 연극은 더 빈약해졌다. 연극에서는 그나마 간당간당 붙어 있던 생명력이, 무언극이 되자 아무 생명도 붙어 있지 않은 해골이 되어 버렸다. 오로지 음악, 색채, 곡예만이 남아, 우리의 제멋대로인 몸짓을 관람하는 유령들에게 그들이 강렬하고 의미 있는 것을 보고 있다는 환상을 던져 줄 뿐이었다. 우리의 성공은 대륙 전체로 퍼져 나가 가장 어둡고 냉랭하다는 나라의 궁정들에까지 닿았다. 나는 그 모든 것에 무관심했지만 그럼에도 내가 이해할 수 없던 삶의 방식 속으로 저항 없이 끌려 들어갔다.

우리는 부와 세속적인 성공을 얻었다. 노인과 그의 조카는 신사처럼 차려 입기 시작했고 나는 그 많은 돈을 어떻게 써야 할지 모른 채 한쪽에 쌓아가기만 했다. 여자들은 무대에서 자신들이 상상하는 야만인처럼 분장하고 연기하는 것만으로 만족하지 못하고 몸을 팔았다. 그들은 공연이 비는 시간을 잡다한 고귀하신 분들의 침대를 덥히는 데 썼다. 우리는 더 이상 마차에서 자지 않고 여관에 묵었으며, 성이나 수도원에 초대받아 머물기도 했다. 나는 종종 학자나 정부 관리들로부터 인터뷰도 받았다. 내가 노인에게서 배운 것이 하나 있다면, 언제나 사람들이 듣고 싶어하는 대답을 해주어야 한다는 것이었다. 자기들의 생각을 내 말을 통해 확인받고 나면 질문자들은 만족한 얼굴로 익숙하고 포근한 자기 신념 속으로 돌아갔다. 나는 혼자 남아 소리 없이 쓴웃음을 지었고 그 웃음은 시간이 흐르면서 희끗희끗 세어가는 수염 아래에 찡그린 표정처럼 자리잡아 버렸다.

우리 일행에 마지막으로 합류했고 가장 나이가 어렸던 여자 하나가, 이해관계로 맺어진 여러 관계를 통해 오육 년 사이에 아이를 셋 낳았다. 아기들이 막 걸음마를 시작하면 노인은 아이들을 야만인처럼 분장시켜 무대에 세웠다. 나는 그 아이들을 안쓰러워하다가 어느새 정이 들어버렸다. 남자아이 둘, 여자아이 하나인 그들은 모두 아버지가 달랐는데, 그렇다는 것은 나처럼 아버지가 없다고 보아도 무방하다는 얘기였다. 노인과 그의 조카도 분명 그들의 탄생에 기여했음이 틀림없었는데, 노인은 가끔 아이들을 바라보며 그들의 어머니의 삶을 떠올리기라도 하는지 가엾다는 듯이 고개를 젓곤 했다. 나는 시간이 날 때마다 아이들에게 읽고 쓰는 법을 가르쳤다. 온순하고 세상에 마음 붙일 곳 없던 그 아이들도 갈수록 나를 따랐다. 어느 날 밤, 공연이 끝난 뒤, 아이들의 어머니는 어떤 남자와 나가서 다시는 돌아오지 않았다. 질투에 휩싸인 남자가 그녀를 칼로 여러 번 찌르고 길가에 버렸던 것이다. 그날 새벽부터 내내 비가 내렸다. 빗물이 피를 씻어내자, 폭력과 빗물에 파래진 그녀의 흰 피부에 남은 상처들이 오래된 흉터처럼 보였다. 지나간 고통들이 마침내 죽음을 통해 세상에 모습을 드러낸 것만 같았다.

공연을 마친 어느 날 밤, 이 모든 허위에 지친 나는 극단을 떠나기로 결심했다. 아이들에 대한 걱정도 그 결정과 무관하지 않았다. 노인은 자기도 비슷하게 지쳐 있었고 또 나보다 죽음에 훨씬 더 가까운 상태였음에도 내 얘기를 들으려 하지 않았다. 그는 내가 떠나면 공연의 흥행도 기울 거라고 확신하고 있었다. 그 말이 아주 틀린 것도 아닌 것이, 실제 생존자인 나의 존재가 우리 극에 큰 설득력을 부여하고 있었기 때문이다. 그러나 그는 내 덕분에 그의 사업이 처음으로 잘 풀리기 시작했다는 것도 잘 알고 있었고 그 오랜 시간 동안 내가 이익에도 손실에도 관심 없이 조용하고 외롭게 지내는 것을 보면서 나를 존경하고 동정했기 때문에, 나를 만류하면서도 괴로워했다. 나 역시 그를 버리는 것 같아 조금은 마음이 아팠다. 어쨌든 그는 내가 쓸모 있다는 것을 알아봐준 사람이었고, 순전히 우연이긴 했지만 그 배우들도 나를 깊은 수렁으로부터 건져내어 체념이라는 무감각하고 중립적인 상태까지 끌어올린 사람들이었다. 노인은 내가 아이들을 데려가는 것도 원치 않았다. 아이들이 극단의 핵심 인력이라는 이유에서였다. 그러나 그도 내가 물러서지 않을 걸 알았기에 그렇게 강하게 고집 부리지는 못했고, 몇 시간에 걸친 토론 끝에 우리는 마침내 합의점에 도달했다. 내 또래인 그의 조카가 내 배역을 맡고 더 나아가 나의 정체성까지 가져가기로 했다. 그리고 나는 내 이름을 바꾸고 내 이야기를 소재로 한 다른 연극을 다시는 쓰지 않겠다고 약속했다. 협상이 체결되었다. 당시 우리는 안개 자욱한 어두운 북쪽 나라에 머물고 있었다. 어느 아침, 나는 아이들에게 털옷을 입혀 평야 가운데로 난 축축한 길을 따라 나섰다. 눈 덮인 푸르스름한 풍경이 허무하고 비현실적이었다. 나는 노인과 배우들에게 작별 인사를 하고 남쪽으로 향했다. 우리는 몇 달간 멈추지 않고 걸은 끝에, 마침내 포도밭과 올리브 나무 숲 사이에서 태양 아래 바삭하게 익어가는 하얀 도시 한 귀퉁이에 닿았다.

우리는 그 도시에, 지금 내가 이 글을 쓰고 있는 이 집에 정착했다. 내게는 극단을 떠나기 전에 모아 놓은 돈이 꽤 있었고 노인이 살해당한 여자의 저축에서 일정 부분을 떼어준 것도 있었다. 나는 케사다 신부를 닮아 책을 좋아했다. 책이 불러주는 조용한 노래가, 끝나지 않는 세월의 지루함을 달래주었다. 북쪽 나라들에서 지내는 동안 나는 책들이 어떻게 인쇄되는지를 보고 배울 기회가 있었는데, 문득 나도 그렇게 해 볼 수 있겠다는 생각이 들었다. 재산을 불리겠다기보다는 이제는 내 자식들이 된 아이들에게 일을 가르쳐야겠다는 생각에서였다. 그렇게 함으로써 그들에게 허상이나 흉내가 아닌 더 실질적이고 단단한 삶의 토대를 만들어 줄 수 있을 것 같았다. 그리고 우리는 제법 잘 해나갔다. 아이들은 인쇄업을 놀이처럼 즐겼고 그들이 자라나면서 내 여가 시간도 늘어났다. 우리는 썩 재밌는 사람들은 아니었지만 신중함과 충직함에서만큼은 어디 내놔도 뒤지지 않았다. 이제 내게는 손자와 증

손자까지 있다. 인쇄소에는 자주 아이들의 웃음소리가 울려 퍼지고 그 소리가 내 방까지 올라오기도 한다. 최근 몇 년간 내 생활은 가족 모임과 예전보다 짧아진 저녁 산책, 그리고 독서로만 이루어져 있다. 저녁을 먹고 밤이 되면 나는 촛불을 밝히고 별이 빛나는 고요한 밤하늘을 향해 창을 활짝 열어젖히고는 자리에 앉아 기억하고 또 쓴다. 거리의 소음이 잦아들고 난 여름밤은 내 하얀 방을 천국과 인동 덩굴의 내음으로 가득 채운다. 이 향기가 내 지난 삶의 모든 소음을 깨끗이 씻어주는 것 같다. 아주 가끔씩 비가 지붕을 두드린다. 빗방울이 오랜 더위에 달궈진 회벽에 떨어질 때마다 흰 먼지를 날리며 치직 소리와 함께 증발한다. 나는 혹독한 날씨에 익숙해 있기 때문에 이곳의 온화한 겨울은 지내기 어렵지 않다. 유리창 너머로는 짙은 파란색을 띤 하늘을 배경으로 나무들의 마디진 검은 가지들이 섬세한 금빛 실루엣을 그리고 있다. 매일 밤 열 시 삼십 분이면 며느리들 중 한 명이 언제나 똑같은 저녁 식사를 가져다 준다. 빵, 올리브 한 접시, 와인 한 잔.

매일 밤 같은 시간에 반복됨에도 이 시간은 늘 특별하다. 천체의 움직임만큼이나 규칙적이고 매일 밤 되풀이된다는 점이야말로, 이 저녁 식사 시간의 가장 빛나고도 은혜로운 부분이다. 내 방은 책들을 꽂아 둔 벽 한 면을 제외하곤 거의 비어 있다. 책상과

의자, 침대, 그리고 촛대가 하얀 벽을 배경으로 검게 도드라져 보인다. 부엌에 있는 단지에서 흰 접시로 방금 퍼 담은 윤기 나는 검은색과 연두색 올리브들, 톡 쏘는 흙내가 나는 엷은 꿀빛 와인이 가득 담긴 길쭉한 잔. 이 모든 것들이 제 높이와 고요를 되찾으려 흔들리는 촛불 빛을 받아 빛나고 있다. 흰 접시 위에 놓인 단단하고 존재감 뚜렷한 거친 빵은 와인과 올리브와 함께라면 영원의 아우라마저 뿜는 생활 속 작은 기적이 된다. 나는 펜을 내려놓고 천천히 올리브를 하나씩 집어 입으로 가져간다. 씨는 손바닥 가운데에 뱉어 조심스럽게 접시 한 편에 놓는다. 씨는 내 체온으로 아직 따뜻하다. 습관처럼 나는 검은색 올리브와 연두색 올리브를 번갈아 먹는다. 그 교차하는 맛은 입에서부터 기억 속으로 끊이지 않고 이어지는 초록색과 검정색 줄무늬의 이미지를 그려낸다. 와인의 첫 모금은 정확히 어젯밤에 마신 것, 그리고 그 전날과 그 전날 밤에 마신 것과 똑같은 맛이 난다. 그리고 이 한결같음이 내게는 '최초의 확실성'* 같은 것을 제공해준다. 물론 그 확실함이랄

---

*   primeras certidumbres. 데카르트의 '나는 생각한다, 고로 존재한다'로 대표되는 primera certeza(최초의 확실성)를 연상케 하는 표현. 데카르트는 모든 것을 의심하더라도 '생각하는 나'의 존재만큼은 의심할 수 없다고 하여, 이것을 '의심할 수 없는 첫 번째 진리, 제1원리로 간주했다. certidumbre와 certeza는 영어로는 certainty, 한국어로는 확실성으로 동일하게 번역되나 전자는 주관적이고 감정적인 확신, 후자는 논리적이고 객관적으로 추론 가능한 확실성을 가리킨다. 화자는 여기서 논리적 추론이나 이성이 아닌 자신의 감각과 반복에서 우러나는 감정적 확신이 자신의 존재의 기초를 구성한다고 표현하기 위하여, 유럽 지성사의 중요한 상징을 빌려와 뒤튼 것으로 보인다.

것도 너무나 드물고 허약해서 그 자체로는 아무것도 증명해 주지 못한다. 솔직히 확실한 것이라기보다는, 불가능해보이지만 참된 '어떤 것'을 가리키는 지표라고 말하는 편이 낫다. '그것'은 이 세계에 내재되어 있으며 우리의 체험에 아주 가까이 닿아 있는 일종의 내면의 질서이다. 다른 이들에게는 최고의 속성처럼 여겨지는 '영원의 감각'조차, 이 질서 앞에서는 그저 세속적이고 평범한 상징, 우리의 하찮은 감각 기관에 아첨하는 싸구려 장신구에 지나지 않는다. '그것'은 매일 밤 저녁 시간에 나타났다 곧 사라지는 찰나의 빛나는 순간 속에 있다. 그 순간들이 쓸모 없다고 말할 수도 있는 것은 시간을 지배하고 우리를 죽음으로 끌고 가는 어둠을 되돌릴 힘까지는 가지지 못하기 때문이다. 그럼에도 바로 그 순간들이 매일 밤 펜을 든 내 손을 지탱해주어, 이미 완전히 사라진 이들을 대신하여 이 불확실한 메시지들을 받아 적게 한다. 그렇게 해서라도 그들이 이 세계에서 조금이나마 지속될 생명을 얻기를 나는 바란다.

시신들의 행렬에 포위되어 바다로 내려가던 배 위에서야 나는 알게 되었다. 그들을 구성하던 모든 것이 이 세상에서 완전히 사라졌다. 외부에서 새로운 폭풍이 몰아닥쳤을 때, 그들은 그것에 맞서 스스로를 보호하는 법을 몰랐다. 그들은 소위 전쟁을 위한 전쟁을 하는 부류의 사람들이 아니었다. 그들의 삶에서 전쟁이란, 포로를 얻기 위해 매년 같은 시기에 치러지는 정확하고 의례적인 원정의 일부일 뿐이었다. 이웃 부족들이 희생된 동족의 복수를 위해 쳐들어올 때 정도가 예외였다. 인디언들이 다른 종족을 공격하는 행위는 모두 전쟁이라기보다는 사냥이었고 이들은 전사라기보다는 사냥꾼이었으며, 그 동기는 모든 전쟁의 뿌리에 있는 살상욕이 아닌 생존의 필요에 있었다. 사실 그들은 호전성을 일종의 병으로 여겼기 때문에 전쟁을 일삼는 부족들을 오히려 불쌍히 여겼다. 그들에게 전쟁은 무분별한 낭비이자 철없는 아이들의 못된 버릇이었다. 그들은 전쟁이 흘리는 피보다도 그것이 남기는 혼란과 소모를 더 불편해했다. 적의 공격을 받고 나면 인디언들은 불탄 집, 깨진 솥, 망가진 도구들, 어질러진 집을 보며 한탄했다. 부상당하거나 죽은 이들은 부차적인 문제였다. 그들은 거의 쉬워 보이기까지 할 정도로 자기 방어에 능했다. 아마도 그 덕에 자주 공격을 받지 않았을 것이다. 인근의 부족들은 그들을 두려워하거나 최소한 존경심을 품고 있었음에 틀림없다. 내가 그곳에서 지내는 수년 동안 서너 번의 공격 밖에 없었고 그중 실제로 마을이 습격당한 것은 고작 두 번이었던 것을 보면 알 수 있다. 나머지 경우들은 사냥 나간 남자들을 향한 기습이었고 대개 공격한 측의 피해가 더 컸다. 그 인디언들이 터무니없이 빨랐기 때문에 공격자들은 놀라 갈팡질팡하다 달아나거나 아니면 잡혀서 죽임을 당하곤 했다. 지금 돌이켜보면 인디언들은 전투 한복판에서 엎어진 솥이나 불붙은 지붕을 보며 무기를 집어 던지면서 과장되게 탄식을 하거나, 독화살이 날아다니는 와중에 적을 호되게 꾸짖기도 했는데, 이쯤 되면 거의 웃기다고까지 할 만했다. 그들은 자기네 가족의 목에 화살이 박히는 것보다 소유물에 손상이 가는 것에 더 마음 상해하는 듯했고 전투가 끝나면 부상자보다 망가진 물건들에 더 많은 신경을 썼다. 그들이 전쟁을 피하는 이유도 평화를 사랑해서가 아니라 순전히 인색함 때문인 것 같았다. 적의 포로나 부상자는, 잔인할 것도 없지만 그렇다고 일말의 꾸며낸 연민도 없이 신속하게 무기와 장신구들을 걷어내고 머리를 베어낸 다음, 조각 내어 강에 던져 버렸다. 전투가 끝나면 그들의 관심은 온통 그 자리를 깨끗이 청소하고 모든 것을 제 자리로 돌려놓는 것에 쏠렸다. 그들은 쓸고 닦고 깨진 그릇과 집을 수리하여, 모르는 사람이 보면 불과 몇 시간 전까지 이 마을을 죽음과 불길, 무질서가 휩쓸었다고 상상할 수 없을 정도로까지 복구해 놓았다.

어쩌면 바로 그 소심함이 그들의 몰락을 부른 원인이었는지도 모른다. 군인들이 마을에 들이닥치자 섬 안쪽으로 피신했던 인디언들은 그곳에서 자기들의 집이나 소유물들의 상태를 복기해 보고는 다시 마을로 돌아가 그것들을 가져오거나 지키려고 했을 것이다. 손실이나 혼란을 막기 위해서는 죽음도 불사할 사람들이었기 때문이다. 어차피 그들에게 죽음은 아무런 의미도 없는 것이었다. 삶과 죽음은 동등한 무게를 지녔고, 사람이든 사물이든 동물이든 살아 있든 죽어 있든, 모든 것은 같은 차원 안에 공존했다. 물론 그들에게도 살아남고자 하는 본능은 있었으나, 죽음은 그들을 진짜 공포에 빠뜨리는 다른 위험에 비하면 오히려 덜 두려운 대상이었다. 아니, 아예 실제 죽음은 그들을 겁주지 못했다. 나는 총알 세례를 뚫고 물건을 가지러 되돌아가는 그들의 모습을 쉽게 상상할 수 있다. 그리고 그 후 강을 따라 배를 호위하듯 떠내려간 그 시신들이 세상을 떠날 때도 분명 두렵거나 슬프지 않았을 것이라고 믿는다. 그들이 정말 두려워한 건 죽음 이후의 공허가 아니라, 지금 살아 있는 이 세계 자체가 아무 의미 없을지도 모른다는 사실이었다. 저세상은 이 세계의 일부였고 두 세계는 하나의 동일한 실체였다. 이 세계가 진짜라면 저 세계도 그랬다. 하나만 진짜여도 그것으로 인해 모든 것이—보이는 것이든 보이지 않는 것이든—실재성을 획득하게 되는 것이었다.

그 땅에서 돌아온 뒤로 수 년 동안 나는 항구 근처에 갈 때마다 먼 항해에서 돌아온 선원들을 보면 충동을 못 이기고 묻곤 했다. 그들의 뒤죽박죽인 이야기들 속에서 그 부족이 어떻게 되었는지 짐작할 만한 단서를 발견할까 해서였다. 그러나 선원들에게는 모든 인디언들이 똑같았고, 그들은 나와는 달리 부족, 장소, 이름을 구분하지 못했다. 그들은 알지 못했다. 고작 몇 리그 남짓 되는 지역 안에도 전혀 다른 부족들이 나란히 공존하고 있으며, 그 각각은 그저 하나의 소집단이거나 인근 마을에서 인원이 넘쳐 갈라져 나온 것이 아니라, 하나의 자율적이고도 고유한 법칙을 지닌 세계라는 것을. 각 부족은 고유한 언어와 관습, 믿음을 지니고 외부인은 침투할 수 없는 차원 속에서 살아가고 있었다. 구성원만 다른 것이 아니었다. 공간, 시간, 물, 식물, 해, 달, 별까지도 다 달랐다. 각 부족은 자기들만의 고유하고 무한하며 유일한 우주 속에 살고 있었고 그 우주는 이웃 부족의 것과는 아무런 연관성이 없었다. 나는 그 인디언들과 함께 지내면서 그 광대한 땅에 살고 있는 여러 다양한 종족들을 구분하는 법을 배웠다. 한편 인디언들은 실재성이 (그런 게 존재한다면) 자기들에게만 주어진 것이라고 믿었기에, 자신들의 지평 너머에 존재하는 것들, 예를 들자면 다른 부족 같은 것들은 그저 구별도 가지 않는 끈끈한 마그마에 지나지 않는다고 여겼다. 그러나 다행히 인디언들은 그 마그마의 외형을 구별할 수 있었고 그들의 세세한 부분까지 다 알고 있었는데, 그것들이 독자적으로는 존재할 수 없는 복제품이라고 여겨 늘 조롱하곤 했다. 유목민이든 정착민이든, 주식이 생선이든 곡식이든, 사람 고기를 먹든 안 먹든, 옷을 입었든 벗었든, 장신구를 착용하든 안 하든, 가죽 텐트에 살든 돌로 지은 도시에 살든, 특정 허브를 말아 피우든, 금이나 보석을 쌓아두든 말든, 걸어다니든 카누를 타든, 식물이나 장소나 조상을 숭배하든, 사는 곳이 어떤 지형이든, 평화적이든 호전적이든, 그 인디언들은 다른 부족들의 모든 부분이 하나같이 솜씨 없고 쓸모 없으며 바보 같다고 여겨 놀림감으로 삼았다. 인디언들은 자기들이 세상의 중심이었기에, 그 외의 모든 것은 불확실하고 형태 없는 것들, 주변적인 것으로 여겼다. 그러니 선원들이 부족들을 구분하지 못한 것도 그들에게는 큰 웃음거리였을 것이다.

실제로 선원들은 아무것도 몰랐다. 그들과 대화한 후 나는 단한 가지 사실만을 분명히 알게 되었다. 병사들과 선원들이 발을 디딘 그날 이후, 한때 많은 사람들이 낙원으로 착각했던 그 땅을 죽음이 휩쓸었다는 것을. 그리고 곧바로 나는 그 인디언들이 절멸했을 거라 확신하게 되었다. 아마 첫 번째 전투에서 이미 상당수가 죽었을 테고 그 이후로는 이어지는 전투들을 버틸 힘이 남아 있지 않았을 것이다. 살아남은 자들이 흩어져 도망치는 그림은 좀처럼 그려지지 않았다. 벌거벗은 그들이 잰걸음으로 오가던 그 노란 강변이 아닌 다른 장소에 포로로 잡혀 있는 장면은 더군다나 상상할 수조차 없었다. 그 강변은 그들에게 있어 세계의 중심이었을 뿐 아니라, 그들 내면에 위치하는 장소였다. 세계는 그곳으로부터 시작하여 바깥쪽으로 동심원을 그리며 뻗어 나갔다. 그리고 시야의 수평선이 그들의 중심에서 멀어질수록 세계가 실재할 가능성은 점점 더 희박해졌다. 나는 그들이 홍수 때문에 마을을 떠나야 했을 때마다 얼마나 망설이면서 이전 마을과 임시 주거지 사이의 거리를 줄이려 애썼는지, 그리고 물이 빠지기만 하면 얼마나 부랴부랴 다시 그 강가로 돌아갔는지를 보았다. 그들이 돌아간 곳은 단순한 집이 아니라, 세상의 모든 일이 일어나는 곳, 바로 세계 그 자체였다. 그 장소 바깥에 있는 것은 존재하는 것이 아니었다. 사실 그곳이 '세계의 집'이라고 말하는 것도 부정확하다. 왜냐하면 그들에게 그 장소와 세계는 완전히 동일한 것이었기 때문이다. 그들은 어디를 가든 그 강가를 내면에 지니고 있었다. 그들 자신이 곧 그곳이었다. 거기서 태어나고 죽고 파종하고 일했으며, 낚시나 사냥에서 잡은 것들을 가지고 그곳으로 돌아왔다. 원정을 떠나는 것은 사는 곳을 죽 잡아당겨 늘이는 것과 같아서 그 장소는 그들이 가는 어디든 따라갔다. 동시에 그 인디언들은 다른 장소들에 실재감을 부여하는 주체였다. 그들이 가면 불확실하고 비정형적인 공간에 형태와 물질성이 생겨났다. 그들은 세계의 단단한 핵이었다. 그들이 바깥으로 나와 활동할 때에만, 그들 덕분에 물컹한 세계에 견고한 생의 섬들이 일시적으로 생겨났다가 그들이 떠남과 동시에 사라졌다. 인디언들은 오래 집을 떠나 있지 않았다. 그 장소에서 오래 떠나 있을수록 세계에 대해 품은 확신이 점차 약해지기 때문이었다. 그곳을 벗어나면, 그들은 안전하지 못했다.

사실 그 안에서라고 안전한 것도 아니었다. 자기들의 영역 안에서조차 그들은 험한 기후의 무자비한 지배를 견뎌야 했다. 그들과 세계는 하나였지만 그들이 이루는 이 연합은 서로의 존재를 공고히 하기보다는 공동의 불확실성으로 인해 오히려 서로를 약화시켰다. 그 인디언들의 세계는 그들에게는 가장 실재적 실체였지만 그렇다고 해서 그것이 존재 가능한 단 하나의 세계라거나 최선의 형태였던 것은 아니다. 비록 그들이 자기들 외부의 세계가 실제로 존재하지 않는다고 생각했다고 해서 자신들의 실존을 의심의 여지 없는 확실한 것으로 받아들인 것도 아니었다. 그들에게 있어 사물의 가장 본질적인 속성은 불안정함이었다. 그것은 단지 상실과 죽음 등의 이유로 세상에서 살아남는 것이 힘들다는 정도의 의미가 아니라, 애초에 존재 상태에 도달하는 것 자체가 어렵다는 의미에서 그러했다. 사물이 거기 있다고 해서 반드시 존재하는 것은 아니었다. 예를 들어, 나무 한 그루는 스스로 자신이 실재한다는 것을 입증할 수 없었다. 그것은 언제나 어딘가 실재성이 결여되어 있었다. 그 나무가 거기 있는 것은 인디언들이 마지못해 허용해 준 관용, 혹은 기적에 의해서였다. 그들은 나무에게서 얻을 수 있는 몇 가지 이득(과일, 땔감, 그늘)을 대가로 그것들의 존재를 허락한 셈이었다. 그러나 그들의 마음 깊은 곳에서는 그 교환의 실체에 대해 진지하게 의심하고 있었다. 나무가 거기 있었고, 그들이 곧 나무였다. 그들 없이는 나무도 존재할 수 없었으나, 나무 없이는 그들 역시 아무것도 아니었다. 각자가 서로에게 너무나 의존적이었기 때문에 신뢰는 불가능했다. 그들은 나무의 존재가 자신들의 존재에 달려 있다는 걸 알았기 때문에 나무의 존재를 신뢰할 수 없었고, 동시에 나무가 그들의 존재를 보증해주고 있기에 그들 역시 자신이 실재한다고 느낄 수 없었다. 문제는 보증의 결핍이 아니라, 과잉에서 오는 것이었다. 게다가 이 순환 고리를 벗어나 바깥에서 사물들을 관찰하고 그 근거를 치우치지 않은 눈으로 따져보는 일은 불가능했다.

　외부 세계는 그들에게 있어 가장 근본적인 문제였다. 그들은 자신들을 바깥에서 바라보고 싶어했음에도 그럴 수가 없었던 반면, 나는 먼 수평선으로부터 온 이방인으로서 정확하게 그들의 '외부'에 속한 존재였다. 저녁 무렵, 모닥불 사이로 해변을 가로질러 움직이던 작고 빛나는 그들의 육체를 처음 보았을 때를 기억한다. 외부인의 눈에, 그들은 의심할 수도 파괴할 수도 없는 마치 불멸의 존재들 같았다. 초기에 그들은 하늘과 땅 사이 모든 사물의 자리를 정해주는 척도라도 되는 것 같은 인상을 풍겼다. 그리고 그들이 끔찍한 축제가 지난 후에 혹독한 자연을 민첩하고 효율적으로 통제하는 모습을 보고 있노라면, 이 세계가 그들을 위해 만들어졌으며, 혼란 속에서도 그들은 이 세계의 일부로 자연스럽게 어우러지고 있다는 생각이 들었다. 나는 때때로 몇 시간이고 그들을 바라보며, 작열하는 태양 아래 물리적 세계의 지평선 안에 갇힌 채 움직이고 일하는 그들의 마음 속을 상상하곤 했다. 뼈와 나무를 깎고 물고기를 다듬으며 붉은 진흙으로 꿈속의 형상을 빚어내는 그들의 자신감 넘치는 손은, 타는 듯한 공기에 닿을 때 과연 단 한 번도 의심 때문에 주저한 적이 없었을까? 그러나 그들의 조용한 몸짓은 아무 단서도 주지 않았다. 인디언들은 마치 동물처럼, 행동과 동시에 존재하면서 행위하는 순간 즉시 그 행위의 의미를 전부 소진해버리는 것처럼 보였다. 그들에게 있어 시작도 끝도 없는 뚜렷한 현재야말로, 그들이 완전히 몸을 담그고 살아가는 물리적 실체였다. 그들은 그 어떤 존재보다 더 단단히 이 세상에 뿌리내린 것 같이 보였다. 그들의 무뚝뚝함과 기쁨 없는 모습도 그들이 세계와 완전히 합일되어 있기에 쾌락이나 즐거움이 굳이 필요하지 않음을 보여주는 증거 같았다. 나는 인디언들이 세계가 제공해주는 것들에 자신들의 존재방식과 욕구를 일치시키고 만족하였기 때문에 따로 기쁨을 필요로 하지 않는다고 생각했다. 그러나 서서히 나는 그 반대였다는 것을 깨닫게 되었다. 실은 그들에게 있어 이 세계는 매 순간마다 갱신되어야만 비로소 유지될 수 있는 것이었다. 그러지 않으면 겉으로 보기에 단단해 보이는 이 세계가 저녁 공기 속으로 연기처럼 사라져버릴 수도 있는 것이었다.

나는 이 사실을 그들이 쓰는 늪 같은 언어에 발을 깊이 들이면서 깨닫게 되었다. 그들의 언어는 예측할 수 없고 모순적이며, 겉보기에는 아무 형태도 갖추고 있지 않았다. 어떤 단어의 뜻을 알았다 싶으면 곧 그 단어가 정반대의 의미도 지니고 있다는 사실을 알게 되었고 그 두 가지 의미를 다 이해하게 된 다음에는 또 다른 뜻들이 나타나곤 했다. 왜 한 단어가 그렇게 동떨어진 것들을 하나의 단어로 지칭하는지 나는 도무지 알 수 없었다. 예를 들어 '엔-기(En-gui)'라는 단어는 남자들, 사람들, 우리, 나, 먹다, 여기, 보다, 안쪽, 하나, 잠에서 깨다 등을 포함해 매우 다양한 뜻을 지녔다. 그들은 작별 인사를 할 때 '네그(negh)'라는 말을 썼는데, 그 단어는 '계속됨'을 뜻하기도 했다. 두 사람이 헤어진다는 것은 대화의 종료를 뜻하는데, 그런 상황에 계속된다는 의미를 가진 말을 쓰다니 우스운 일이었다. 그 경우의 '네그'는 '그러고 나서 이러저러한 일이 일어났다'와 같은 문장의 '그러고 나서'와 비슷했다. 어느 날 나는 한 인디언이 이웃 부족을 비웃는 것을 들었다. 그 부족은 아이가 태어날 때 울고 누군가 죽으면 큰 잔치를 벌인다고 했다. 내가 그에게 '너희가 작별할 때 네그라고 말하는 것도 이상하다'고 지적했더니, 그는 한참 동안 눈살을 찌푸리고 나를 의심과 경멸이 섞인 표정으로 노려보다가 아무 말 없이 뒤돌아 가버렸다. 그들의 언어에는 '-이다' 혹은 '존재하다'에 해당하는 말이 없었고 그에 가장 가까운 표현이 '-처럼 보인다'였다. 그들에게는 관형사도 없었기 때문에, '나무가 한 그루 있다'라고 말하고 싶을 때도 그들은 '나무처럼 보인다'고 말했다. 그런데 이 '-처럼 보인다'는 표현은 '유사함'보다는 '믿을 수 없음'에 가까운 느낌이었고 긍정보다는 부정적인 뉘앙스를 담고 있었다. 그것은 비교보다는 의심을 나타냈고 이미 알고 있는 이미지를 환기시키기보다는 오히려 의미를 덜어내어 그 힘을 감소시켰다. 그 단어는 그 밖에도 외

171

양, 거짓, 일식(日蝕), 적(敵)을 가리키기도 했다.

　내가 처음에 단단하고 의심할 여지 없어 보인다고 느꼈던 그 둥근 수평선은 그들의 언어가 그것을 규정하는 방식에 따르면 결국 환상의 저장고이자 기만적인 외피였다. 그 언어에서는 매끄러움과 거칢이 한 단어로 표현됐고 발음의 미세한 차이로 존재와 부재를 구분했다. 그들에게 세상은 모두 '-처럼 보일' 뿐이고 그 어떤 것도 그 자체로 '존재하'지 않았다. 무엇보다도 '-처럼 보이는' 것은 대부분 존재하지 않음의 영역에 속해 있었다. 탁 트인 해변과 투명한 대낮, 봄의 싱그러운 나무들, 맥박이 느껴지는 따뜻한 수달의 털, 노란 모래, 황금빛 비늘을 가진 물고기, 달과 해와 공기와 별들, 그리고 그들이 까다로운 재료들을 오랜 인내와 기술로 다듬어 만들어낸 도구들까지, 이 모든 것들은 감각기관에는 명백히 존재하는 것으로 인식될지 몰라도 인디언들에겐 전부 흐릿하고 형체 없는 끈적한 실체들에 불과했다. 그 보이는 측면 뒤편으로는 어둠이 도사리고 있을 뿐이었다.

　인디언들은 끊임없는 소멸의 위협을 견디면서 불안정한 삶을 힘겹게 헤쳐 나갔다. 너울거리기만 하는 외부 세계는 그들에게 현실감을 주지 못했다. 그러나 세상이 불안정하다 해도 인디언들 자신의 형편보다는 나았다. 그들의 가장 큰 고통은 스스로를 의심한다는 점에 있었다. 그리고 그 의심을 외부에 기대어 검증할 길도 없었다. 그들은 자신을 주변 세계보다 약간 더 확실한 존재로 설정했으나, 세계가 스스로를 어떻게 인식하는지는 알 수 없었기 때문에 그것을 판단의 근거로 삼기엔 너무도 불안했다. 이러한 인식은 이 글에 묘사된 것보다 훨씬 더 고통스러운 것이었다. 왜냐하면 그들은 그것을 말로 설명하거나 개념화하지 못한 채 온몸으로 살아내고 있었기 때문이다. 그들은 자신들의 모든 행동과 말, 만들어내는 물건, 그리고 꿈속에서조차 이 불안을 품고 살았다. 그들은 어떤 수를 써서라도 이 불확실하고 끊임없이 변화하는 세계를 지속시키고 싶어했다. 예를 들어 화살 하나를 낭비하는 것은 현실의 한 조각을 흘려버리는 것과 같은 일이었다. 그들은 모든 것을 고쳐 쓰고 늘 쓸고 닦았다. 홍수를 피해 내륙으로 물러났다가도 물이 조금만 빠지면 언제나 예전 그 자리로 돌아왔다. 아무리 불안정하더라도 그들이 아는 유일한 세계는 어떤 대가를 치러서든 지켜야만 하는 것이었다. 그들이 존재하고 버틸 수 있는 장소는 그곳뿐이었다. 노력의 보상이 주어지지 않을 때조차, 그들은 자기들이 아는 유일한 세계를 유지하는 데 매진했다. 다른 선택지는 없었다. 그것이 아니면 아무것도 없었기 때문이다.

그들은 그 세계를 보살피고 지킴으로써 그 실재성을 키우려고, 아니 최소한 유지라도 하기 위해 애썼다. 폭풍이나 화재로 집이 부서지거나 카누가 썩고 오래 쓴 물건이 닳거나 부서지는 일은 결국, 세상의 궁극적 진실인 암흑과 비존재가 자연이 둘러 둔 경계를 침범해 들어와서 눈에 보이는 세계를 갉아먹기 시작했다는 뜻이었다. 여자들은 집안일을 책임졌고, 남자들은 사냥이나 고기잡이를 나가지 않는 날엔 대부분의 시간을 수리에 썼다. 그들은 언제나 그렇듯 민첩하게 이 일에서 저 일로 바쁘게 옮겨 다녔고 드문 경우로 고칠 것이 전혀 없을 때면 필요해서 어쩔 수 없다는 듯이 새로운 물건들을 만들곤 했다. 그렇게 함으로써 통제 불가능한 세계를 통제하고 있다는 환상을 스스로에게 부여했지만 정작 자신들도 설득되지는 않았다. 인디언들은 좀처럼 쉬지 않았다. 그들에게 휴식이란, 자신들을 포위한 질척이는 어둠에게 서 있는 자리를 내주는 것을 뜻했다. 겨울이 끝나갈 무렵이면 그들도 조금 안정감을 되찾는 것처럼 보이기도 했지만 그것은 그들이 희망을 갖게 되어서가 아니라, 어둠 쪽이 잠시 누그러졌기 때문이었다. 그들이 살고 있는 거친 한 뼘의 땅—인디언들의 존재 덕분에 간신히 물리적으로 유지되는 것 같은—은 온전히, 가능한 한 오래 보존되어야 했다. 모든 변화에는 반드시 보상이 따랐고 모든 손실은 대체되어야 했다. 전체의 형태와 양은 항상 대체로 동일하게 유지되어야 했다. 그래서 그들은 누군가 죽어갈 때면 초조하게 다음 탄생을 기다렸고 불행이 닥치면 어떤 형태로든 만족스러운 사건이 그것을 보상해주길 바랐다. 반대로 좋은 일이 생겼을 때는 어떤 견딜 만한 불행으로 그것이 상쇄되기 전까지는 발 뻗고 쉬지 못했다. 한 인디언이 그에 관련해 내게 설명해주려 했던 적이 있는데, 내가 이해한 바로는 이렇다. 이 세계는 선과 악, 죽음과 탄생, 노인과 젊은이, 남자와 여자, 겨울과 여름, 물과 땅, 하늘과 나무로 이루어져 있다. 이 모든 것이 '항상' 존재해야만 한다. 그중 하나라도 빠지는 순간이면 모든 것이 무너져버릴 것이다. 그가 내게 이런 설명을 해 준 것은 내가 인디언들과 함께 지내기 시작하고 얼마 되지 않았을 때였고 그들의 언어가 워낙 하나의 단어로 여러 뜻을 나타냈기 때문에, 그 인디언이 정확히 이렇게 말한 것인지는 확실하지 않다. 사실 내가 그들에 대해 안다고 여기는 것들도 모두 불확실한 암시들과 흐릿한 기억, 주관적인 해석들로 이루어져 있다. 그러니 어떤 의미에서는 내가 들려주는 이 이야기도 여러 의심스러운 출처에서 가져온 것처럼 여러 가지 의미를 동시에 지닐 수 있으며, 그중 무엇이 진실인지는 누구도 단정할 수 없다. 내가 제대로 이해한 것이라면 인디언들에게 이 세계는 돌 하나라도 빠지면 제대로 서 있을 수조차 없는 불안정한 구조물이었다. 모든 것이 언제나 가능한 모든 상태로 그 자리에 있지 않으면 안되는 것이었다. 병사들이 큰 강을 거슬러 올라와 총을 겨누었던 그때, 그들이 가져온 것은 죽음도 아닌 차마 이름조차 붙일 수 없는 것이었다. 세상에 하나뿐인 확실한 장소가 성난 어둠의 물결에 삼켜져 사라졌다. 인디언들은 흩어진 상태로는 더 이상 세상의 선명한 편에 머무를 수 없었다. 나는 그들이 탈출했을 것이라고는 생각하지 않는다. 아마 시도조차 하지 않았을 것이다. 설령 섬 안쪽에 한두 명이 살아남았다손 치더라도 그들에겐 더 이상 세계라고 부를 수 있는 것이 남아 있지 않았을 것이다.

하지만 그들은 스러지면서 자기들을 파괴한 자들도 함께 끌고 갔다. 세계의 유일한 지탱점이었던 그들이 사라짐과 동시에 외부 세계도 함께 비존재의 어둠 속으로 떨어져 사라졌다. 그것을 인식하던 존재가 파괴됨으로써 세계 또한 존재하지 않게 된 것이다. 병사들이 그들을 학살하면서 결코 알 수 없었을 진실은, 자기들이 죽이는 자들과 함께 그들 역시 이 세계를 떠나고 있다는 사실이었다. 인디언들의 절멸 이후로 온 우주는 텅 빈 무(無) 속을 표류하게 되었다. 이 불확실한 우주가 존재할 수 있도록 해준 토대가 있었다면 그것은 바로 그 인디언들이었다. 그들이야말로 그 많은 불확실한 것들 속에서 가장 '확실성'에 가까운 존재였다. 그들을 '야만인'이라 부르는 것은 무지의 증거다. 그토록 무거운 책임을 짊어진 존재들을 야만인이라 부를 수는 없는 일이다. 그들 안에 간신히 간직하고 있던 작고 연약한 불빛은, 미약하나마 깜빡이는 그 빛으로 어둡고 불확실한 외부 세계의 경계를 비추었으나, 그 외부는 바로 그들 자신의 몸에서부터 시작되고 있었다. 광활한 하늘은 그들을 품어준 것이 아니라, 오히려 그들 덕분에 그 빈 땅 위에 자신의 보석 박힌 장막을 단단히 펼칠 수 있었다.

수년째 나는 밤마다, 촛불 그림자가 춤추는 흰 벽을 멍하니 바라보며 스스로에게 묻는다. 동물적인 순응에 가까운 기질을 지녔던 그 인디언들이 어떻게 한 눈에도 명백해 보이는 것들을 그토록 무서운 방식으로 부정할 수 있었을까. 세상엔 기묘한 것들이 참으로 많다. 주기적으로 떠오르는 태양, 제 시간에 나타나는 셀 수 없이 많은 별들, 계절이 되면 어김없이 되풀이되는 나무들의 찬란한 푸르름, 불어나고 빠지는 강물, 반짝이는 노란 모래와 여름 공기, 태어나고 자라서 죽는 육체, 멀어지는 거리나 흐르는 시간들. 이 모든 수수께끼들이 어린 시절엔 익숙하고 자연스럽게만 느껴졌지만, 어느 순간 우리는 설명할 수 없는 위화감에 사로잡힌다. 우리가 지나고 있는 것이 현실이 아니라, 허깨비 같은 환영일지도 모른다는 불편한 감각. 그것은 마치 예전 연극 무대에서 그림 배경과 졸음에 겨운 관객들 앞에서 동료 배우들과 함께 진실이 빠진 말과 몸짓을 반복하던 때 느꼈던 것과도 닮아 있다. 이러한 순간은 누구에게나 한 번쯤 찾아오는 것이고, 강렬하긴 해도 대개는 곧 사라져 생활에 영향을 주지는 않는다. 그러다 어느 날, 전혀 예상치 못한 순간, 그 감각이 우리를 덮친다. 친숙한 사물들이 갑자기 우리와 무관하게 멀게 느껴지고 하루에도 수십 번씩 사용하던 단어가 문득 낯설게 들리는 것을 경험하게 된다. 단어는 제 의미에서 분리되어 단순한 소음이 된다. 그 단어를 다시 말해 보아도 익숙했던 느낌은 돌아오지 않는다. 아니, 반복할수록 더 낯설어진다. 갑자기 닥친 의미의 부재는 우리 주변을 집어 삼키고, 모든 것에 비현실감이 드리운다. 시간이 지나면 이러한 감각도 흐려지지만, 끝에는 묘한 뒷맛과 흐릿한 기억, 세상과의 관계를 흐리게 만드는 의심의 그림자가 남는다. 우리는 그저 눈만 깜빡이다가 결국 미치지 않기 위해 세상을 용서하고 자기가 문제라고 전적으로 믿어버린다. 세상이 흔들리는 것보다는 *내가* 흔들리는 편이 훨씬 낫기 때문이다.

그러나 인디언들에게는 우리처럼 스스로를 위로할 수 있는 방식이 없었다. 그들에게서 멀어질수록 외부 세계는 점점 더 실체가 희박해졌다. 물론 그들 자신도 완전히 진짜라고 말할 수는 없었지만, 현실이라는 것이 존재한다면 그건 그들 안에 있거나 아예 어디에도 없는 것이었다. 그들은 사물들이 존재할 수 있게 해주는 불안정한 지지대였고, 그것은 폭풍 속의 촛불처럼 약하고 지속되기 어려운 것이었다. 그리고 이런 상태는 일시적인 기분이나 착각이 아니라, 그들이 살아가는 세계의 가장 근본적인 진실이었고 지워지지 않는 흉터처럼 그들의 몸과 언어에 새겨져 있었다. 그들이 하는 몸짓 하나하나 말 한마디 한마디에 세상의 존속 여부가 달려 있었고, 작은 실수 하나만으로도 그 균형이 무너질 수 있었다. 그래서 그들은 매 순간을 긴장 속에서 살았다. 그들이 그렇게 매사에 능숙했던 이유는 그들의 세계와 삶이 오직 자신들의 손에 달려 있다고 믿었기 때문이었고, 그들이 불안했던 이유는 그 모든 것이 언제든 무너질 수 있다는 걸 알았기 때문이었다. 그들은 언제나 위태로이 균형을 잡고 서서 언제 사라질지 모르는 세계를 이고 살았다. 조금만 어긋나도 세상은 그들을 끌고 함께 무너져 내릴 수도 있었다.

그런 느낌이 어디서 비롯된 것인지 나는 50년이 넘도록 거의 매일 되풀이해서 곱씹어왔다. 분명, 아주 오래전에 어떤 재난으로 인해 어둠의 가장자리에서 균열이 시작되었고 그 틈은 이후로 끊임없이 그들을 위협해왔을 것이다. 인간은 본래 어느 정도 중립적이고 비슷한 상태로 태어나지만, 그 이후의 경험과 선택들이 점차 그들을 갈라놓는다. 그런데 인디언들은 개인이 아닌 부족 전체로서 이 세상에 태어났고, 나는 수년 동안 아이들이 자라나면서 아주 자연스럽게 불확실성의 늪 속으로 걸어들어 가는 것을 지켜보았다. 그들의 아이다운 명랑함은 시간이 갈수록 어른들의 무감동한 표정으로 바뀌어 갔고, 겉보기엔 밝고 건강해 보여도 그들은 안에서부터 천천히 시들어가며 죽을 때까지 불안에 지배당했다. 남자든 여자든 그들의 눈빛에는 서로 다른 형태로 드러난 동일한 불안이 비쳐 보였다. 그들을 하나로 묶는 것은 공통의 확신이었는데, 그것은 자신들이 사라지면 그 틈이 벌어지고 마침내 모든 것이 무너진다는 믿음이었다.

그들이 그토록 많은 불안을 짊어지고 살았던 이유가 인육을 먹는 풍습 때문이었다는 걸 깨닫기까지는 오랜 시간이 걸렸다. 다른 부족들에서는 적에게 잡아먹히는 일이 특별한 명예로 여겨진다고 했다. 그건 어느 날, 한 인디언이 이루 형언할 수 없는 경멸을 담아 내게 설명해 준 말이었다. 물론 그들을 먹은 것이 자기였다는 말은 하지 않았다. 우리는 그 여름 아침, 마을에서 멀리 떨어진 강가의 버드나무 아래에 앉아 강을 따라 거슬러 올라가는 어느 부족의 카누들을 보고 있었다. 그는 인상을 찌푸리며 저자들은 한 곳에 정착하지 못하고 1년 내내 강을 오르내리는 족속이라 했고, 목소리를 더 낮추더니, 그들은 먹히는 걸 좋아한다고 덧붙였다. 이후 내가 아무리 캐물어도 그는 더 이상 아무 말도 하지 않았다. 그는 그들의 기호를 변태적이고 비도덕적이라고 여겨 경멸하는 듯했는데, 몸을 포식자의 탐욕 앞에 내어주는 행위가 성적 방종의 한 형태라도 되는 듯이 느끼는 것 같았다. 그러나 식인 행위 역시 자랑스러운 관습으로 여기지는 않았다는 것을 그들이 그것에 대해 전혀 말하지 않는 데서 알 수 있었다. 인디언들은 일 년 내내 그 일을 잊은 듯 지내다가 다음 해 그맘때가 돌아오면 똑같은 일을 다시 반복하곤 했다. 그것은 그들의 의지로 하는 행위가 아니었다. 해마다 되돌아오는 그 충동은 억누를 수도 없었을 뿐더러, 인디언 개개인의 것이 아닌 그들 전체를 지배하는 어둠의 욕구이기라도 한 것 같았다. 잡아먹힌다는 것은 치욕이었다. 그것은 단순히 음험한 쾌락의 암시 때문만은 아니었다. 경험의 대상이 된다는 것은 곧 완전히 객체로 전락하는 것, 생명 없는 것들과 같아지는 일, 실체를 잃고 껍데기만 남은 사물들 속으로 섞이는 일이었다. 그것은 존재의 소멸을 욕망하는 가장 극단적인 표현이었다. 그들이 해체된 시신을 다루는 모습을 보면 그 토막들에 인간의 흔적이 전혀 남아 있지 않다는 것을 단박에 알 수 있었다. 구워지는 고기를 바라보던 그들의 간절한 눈빛에는 낯선 맛을 탐하는 욕망이 아니라, 기억 깊숙이 박혀 있는 오래된 경험을 되살리려는 갈망이 담겨 있었다. 씹기 시작하면서 불편함이 커지는 것도 그 때문이었다. 그 살점은 아마도—정확히 표현할 수는 없어도—진 빠진 그림자와 반복된 오류의 맛이 났을 것이다. 외부 세계는 순전히 허상이므로, 그들은 자기들이 씹고 있는 것이 무(無)라는 것을 알았다. 그러나 그럼에도 그 허무한 행위를 반복할 수밖에 없었던 이유는 그것만이 자신들이 그 땅의 황량한 껍데기 위에 존재하는 유일한 실존이자 진정한 인간이라는 믿음을 유지하는 단 하나의 방법이었기 때문이다.

시간이 흐르면서 내 안에서 생각들이 가닥을 잡아가기 시작했다. 해마다 여름이면 민첩하고 바지런한 인디언들의 손들은 어디서 비롯되었는지 모를 욕망에 이끌려, 미리 정해진 목적지를 향해 카누를 띄웠다. 그들은 세상으로부터 자신들을 분리할 다른 방법을 몰랐다. 그렇게 함으로써만 스스로를 적어도 자기들 눈에 좀더 선명하고 온전하며, 세상의 혼돈과 뒤엉키지 않은 실재로 만들 수 있었다. 다시 그 힘을 잃게 될 때까지의 짧은 시간 동안이긴 하지만 그들은 고기와 뼛조각들을 걸신들린 듯이 탐하면서 비로소 살아 있다는 미약한 느낌을 얻었다. 그들이 그런 방식으로 행동했던 것은 그들이 세상과 구분되는 자기들만의 정체성을 획득하기 전 언젠가 이미 '무(無)'의 무게를 실감한 경험이 있었기 때문이었다. 그 일은 그들이 '진짜 사람이 아닌 자들(외부로부터 온 이들)'을 먹기 전에, 더 정확히 말하면 그들끼리 서로를 먹어치우고 모든 것이 끈적하게 엉겨 있었던 캄캄한 시절에 일어났을 것이다. 나는 내 자신의 무(無)가 가까워진 지금에야 비로소 이해하게 되었다. 인디언들은 서로를 먹지 않게 되었을 때 비로소 자신들이 진짜 인간이라고 인식하게 되었다. 그들은 서로를 먹는 대신, 바깥을 향하기 시작했고, 그로써 세상의 중심인 하나의 부족이 형성되었다. 그 부족은 중심에서 멀어질수록 정체가 의심스러워지는 원형의 지평선으로 둘러싸여 있었다. 그들 또한 본디 그 불확실한 외부에서 온 자들이었지만, 뼈를 깎는 노력 끝에 마침내 새로운 단계에 도달했다. 비록 그들의 발은 여전히 태초의 진흙 속에 잠겨 있을지라도 그들의 머리는 이미 진실의 맑은 공기를 마시고 있었다.

그러나 이 승리는 그들의 불안한 모습으로 보건대 결코 완전한 것이 아니었다. 오래된 위험이 여전히 그들을 위협하고 있는 것 같았다. 그들이 차지한 땅은 언제든 다시 빼앗길 수 있었다. 그들은 이 세상에서 가장 참된 존재가 바로 자신들임을 알았지만 충분히 견고한가에 대해서는 자신하지 못했고, 그들이 외부의 충격에도 무너지지 않을만큼 단단한 실재성에 도달했다고는 믿지 못했다. 그리고 무엇보다도 과거로부터 그들이 가져온 것—자기들이 아무것도 아니며, 존재하지 않는다는 감각—이 그들의 존재의 근본을 이루고 있었다. 만약, '우리는 늘 초기 경험을 반복하고자 하며, 결국 어떤 식으로든 그것을 이루고 만다'는 속설이 사실이라면, 인디언들이 느낀 그 불안 역시 그들의 욕망 안에 깊이 뿌리 박힌 태고의 맛에서 비롯되었을 것이다. 그 뒷맛은 대상이 바뀌었음에도 여전히 그들의 무의식 속에 끈끈하게 남았을 것이다. 그들이 자신들의 실존에 더 큰 확신을 가지지 못했던 이유는 그들이 삼키는 대상이 아무리 비현실적이고 존재감이 없는 타자일지라도 그 낯선 살맛을 인식하는 데 유일한 참조점은 결국 그들 자신의 살맛뿐임을 스스로도 알았기 때문이었다. 해가 지고 달이 뜨듯 규칙적으로 수평선 너머 인간의 고기를 찾아 떠나게 만드는 힘은, 바로 가장 오래되고 가장 깊숙이 자리잡은 자기 자신을 먹고자 하는 욕망이라는 것을, 인디언들은 명확히 알고 있었다. 그런 의미에서 그들은 불안의 원인이자 대상이었다. 그들은 자신을 알면서도 모르는 상태였고, 겉으로 드러난 것과는 의미가 다른 행위를 반복했다. 욕망에서 가장 멀리 있는 듯 보였던 대상—자기 자신들—을 쫓는 것이 바로 그들이 하는 행동들의 진정한 목적이었다. 그들은 한때 알았던 이 맛을 구하기 위해 외부 세계로 향하는 머나먼 우회로를 택했다. 한동안은 그러한 위장이 그들을 만족시켜 주었다. 그들은 취하고 눈먼 상태로 어둠 속에 빠져들었다가 다시 서서히 밝고 질서 있는 낮으로 떠오르곤 했으나, 그 질서는 해가 바뀔수록 점차 흐트러져 갔다. 그들은 그 사건들에 대해 깊이 생각하고 싶어하지 않았다. 그 모든 일을 내면으로부터 직접 겪어내었기에, 진짜 이유가 무엇인지 이미 정확히 알고 있었기 때문이다. 매번 완전히 해소됐다고 여겼던 허기가 끊임없이 되돌아오는 데 당황한 그들은 온 부족의 힘을 모아 정교한 설명, 곧 집단적인 의례의 장치를 만들어냈다. 그 설명은 그들의 존재와 결백을 마치 대낮처럼 또렷이 드러내는, 반박할 수 없는 증거들로 이루어져 있었다. 그러나 아무리 정교한 증거들을 만들어도 애초부터 그들 안에 새겨져 있던 것을 지울 수는 없었다. 그들은 스스로를 반만 속인 셈이었고 눈 먼 협상에서 늘 불리한 입장일 수밖에 없는 약자였다. 그들에게 세상은 그리 가치 있는 것이 아니었다. 왜냐하면 그들은 어둠에서 스스로를 건져올린 듯 보이는 진정한 인간들조차도 가장 근본적인 행위들 속에 여전히 검고 끈적끈적한 형태 없는 혼돈이 묻어 있다는 것을 알고 있었기 때문이다. 그 혼돈은 마치 늪과 같아서, 어떤 강하고 끈질긴 빛도 그 속 깊이까지는 도달할 수 없었다.

　불확실한 세계 안에서 모든 사람과 사물은 제자리를 정확히 지키고 있었다. 각 인디언이 공동 작업에서 꼭 필요한 순간에 자기 역할을 해내는 걸 보면서도 누가 언제 지시를 내린 건지 나는 도무지 알 수 없었다. 카누를 탈 때면 각자가 정해진 자리에 앉았고, 노를 잡는 사람들도 마치 사전에 정해진 자기 차례가 돌아온 것 마냥 자연스럽게 제 자리에 앉았다. 사냥을 할 때도 고기를 잡을 때도 전쟁을 준비할 때도 마찬가지였다. 밭을 갈고 수확하고 살림을 하는 여자들도 정확히 같은 방식으로 움직였다. 누구 하나 실수하거나 남의 자리를 침범하는 일 없이, 특정한 순간에 자기에게 요구되는 역할을 재빠르고 정확하게 수행했다. 눈에 보이는 지시나 안내도 없었지만 그 누구도 임의로 무언가를 하는 걸 본 적이 없었다. 아무리 사소한 행동일지라도 사전에 정해진 절차의 일부였다. 처음에는 터무니없어 보였던 어떤 행동들이 사실은 꼭 필요한 일이었다는 것도 시간이 지나고 깨달았다. 그들이 살아가는 두세 리그 남짓한 땅, 무심한 하늘 아래에서 이루어지는 모든 인간의 행위는 매 순간 위태롭게 지속되고 있는 세계의 균형을 끊임없는 소멸의 위협으로부터 지켜내기 위한 것이었다. 가장 맑고 평온한 날조차도 그 위협으로부터 자유로울 수 없었다. 움직임 하나하나가 붕괴 직전의 세계를 떠받치는 버팀목이었고, 모든 행위는 사물이 산산이 흩어져 사라지지 않도록 형태를 부여하는 일이었다. 모든 시선이 그 위태로운 질서가 아직은 유지되고 있음을 불안하게 확인하고 경계했다. 그리고 내게도 그 구조 안에 정해진 내 자리가 있었다.

내게 주어진 역할이 나를 살렸다. 인디언들은 매년 열리는 축제를 위해 인간을 사냥하러 나갈 때마다, 나 같은 사람을 한 명씩 살려 데려와 한동안 극진히 대접하다가 돌려보내곤 했다. 나는 10년 동안 매해 그 거만한 손님들이 왔다가 돌아가는 모습을 지켜보았다. 인디언들은 그들을 두세 달, 혹은 그보다 짧은 기간 데리고 있다가, 축제가 끝나고 평온하고 단조로운 일상을 회복하는 대로 집으로 돌려보냈다. 그들이 나를 그토록 오랜 기간 데리고 있었던 것은 단지 나를 어디로 돌려보내야 할지 몰랐기 때문이었다. 그러다 어느 날, 나와 닮은 사람들을 발견하게 된 인디언들은 그 즉시 나를 카누에 태워 강 하류로 띄워 보냈다. 그들과 함께했던 손님들 중 나만 유일하게 처신하는 법을 몰랐다. 다른 이들은 모두 인디언들이 자신들에게 기대하는 바를 알고 있는 것처럼 굴었고 심지어 그 지식이 그들에게 냉정하고 거만하게 굴 권리마저 부여해 주는 것 같았다. 그들은 내가 여러 해가 걸려서야 이해하게 된 것을 도착하기 전부터 알고 있었다. 그들은 처음 그 노란 강변에 도착해 인디언들에게 *데프-기, 데프-기* 라고 불릴 때부터 그것이 정확히 무엇을 의미하는지 알고 있었다. 내 경우에 그 의미를 해독하는 과정이 마치 울창하고 **빽빽한** 밀림을 뚫고 헤쳐나가는 일과도 같았던 것과 대조적이었다. 인디언들은 주변 세상이 자신들에게 종속되어 있다고 믿었기에, 내가 그들의 언어나 의도를 이해하지 못할 거라고는 상상도 하지 못했다. 사실, 그들에게 나는 그들 없이 고유하게 존재할 수는 없는 존재였으므로 그들이 내게 무엇을 기대하고 있는지 모른다는 것은 불가능한 일이었다. 그들은 단한 번도 내게 설명이라는 것을 해 준 적이 없었다. 지금에야 깨달은 사실이지만, 첫날 밤 내가 모닥불 사이로 걸어갈 때 그들이 내게 처음 보여주었던 그 표정들은 그저 내 주의를 끌거나 환심을 사려던 것이 아니라, 비밀 조약의 조항들을 상대 계약 당사자에게 상기시키려는 노골적인 요구를 담은 것이었다. 그로부터 몇 년이나 지나서야, 나는 그들의 불명료한 언어에서 몇 가지 의미들을 체로 거르듯 건져내어, 그들이 내 종족을 가리킬 때 사용하던 그 날카롭고 **빠른** 두 음절의 의미를 어렴풋이 가늠할 수 있게 되었다 (내가 맞았는지는 영원히 알 수 없겠지만). 그 두 음절 데프-기는 그 인디언들의 언어를 구성하는 다른 모든 음절들처럼, 이질적이고 상반되는 많은 의미를 가지고 있었다. *데프-기*는 부재 중이거나 잠든 사람, 눈치 없이 오래 머무는 방문객을 부르는 이름이었다. 그리고 *데프-기*는 그들이 종종 길들여 키우던 새에게 붙여 준 이름이었다. 검은 부리에 초록과 노랑 깃털을 가진 그 새는 언어에 재능이 있었는지 말을 가르치면 곧잘 따라해서 인디언들을 웃게 했다. 그 밖에 회의에 결석한 사람의 자리에 대신 놓아두는 물건도 *데프-기*였다. 인디언들은 그 물건 앞에 음식도 똑같이 차려주곤 했다. *데프-기*는 물에 비친 그림자였고, 오랜 세월 지속되는 모든 것들이었다. 또 이런 예도 있다. 내가 이곳에 온 지 얼마 안되어 아이들이 노는 걸 보았을 때, 원 밖에 서서 다른 인물의 흉내를 내던 아이의 역할이 *데프-기*였다. 그리고 *데프-기*는 원정대보다 앞서 가서 보고 온 것을 보고하는 선발대, 또는 적진에 들어가 동향을 정탐하는 정찰병이었고, 또 회의에서 큰 소리로 혼잣말 하듯이 연설을 시작하는 사람이기도 했다. 이 모든 것들과 그 밖의 많은 것들이 다 *데프-기*였다. 오래 곱씹은 끝에 내가 내린 결론은 이러했다. 그들이 내게 그 이름을 준 것은 내가 그 모든 *데프-기*들과 같은 본질을 공유하기를 바랐기 때문이었다. 그들은 내가 자신들의(혹은 자신들이 생각하는) 형상을 수면처럼 되비쳐 주고 그들의 말과 행동을 따라해 주기를, 그들이 없을 때 그들을 대변하

189

는 존재가 되어 주기를 바랐다. 그리고 언젠가는 동족들에게 돌아가 스파이나 정찰병처럼 다른 이들이 보지 못한 것을 본 스스로의 발자취를 돌아보아 주기를, 그러고나서 그 내용을 상세히 증언해 주기를 바랐다. 죽는 날까지 우리를 조종하는 어둠 속 존재들의 위협 속에서, 인디언들은 물질 세계라는 신기루를 통과하는 자신들의 여정에 증인이자 생존자가 되어 줄 만한 누군가를 원했다. 그리고 그를 통해 자신들의 이야기가 세상에 전해지기를 바랐다.

　그 고달픈 존재들에게 있어 가장 어렵고 위험한 순간은 바로 그들이 저항할 수 없는 욕망에 사로잡혀 몽유병자처럼 겁도 없이 밤 한가운데로 걸어들어갈 때였다. 다행히 그들은 요리사들을 그 모든 일에서 떨어트려 착한 양치기(실은 양이 아니라 늑대를 치는)처럼 사람들을 돌보게 할 만큼의 분별력은 지니고 있었다. 그리고 그들의 최후의 보루는 거만한 손님들이었다. 그들은 인디언들이 자기들의 기분이나 기억에 얼마나 의존하는지 지나치리만치 잘 알고 있었다. 그 방문객들만이 현실감 희박한 이 믿을 수 없는 세계 속에 그들의 이미지를 강렬하고 온전한 형태로 보존해서 그들이 완전히 사라진 후에도 이 세계 안에 계속 머물도록 해 줄 수 있는 사람들이었다. 인디언들이 인육을 먹는 날이면 반드시 그 손님들을 데려온 이유는 자신들이 태초의 진창으로부터 스스로 기어나와 바로 선 것이 얼마나 용감하고 대단한 일인지를 똑똑히 확인받기 위해서였다. 그들은 완성되지 않은 광활한 세상에 보여주고 싶었다. 자신들은 이제 빛 속에 세워진 것과 어둠 속에 여전히 철벅이는 것, 세계의 내부와 외부를 구별하는 법을 알게 되었노라고. 자신들만이 그 가혹한 현실 세계를 지탱하는 유일한 지지대이자, 단 하나의 진정한 인류라는 것을 증명하고 싶어했다. 그들은 우리를 피비린내 속 그들의 결백을 목격할 증인으로 세웠다. 그들이 무(無)로 산화하고 나면 우리는 그들의 삶의 증거를 낯선 지평선 너머로 가져가야 할 의무가 있었다. 세계 각지로 흩어진 우리는 그들을 태운 잉걸불의 마지막 불씨였다. 우리는 그들이 절멸했다는 소식을 전하도록 파송되었다. 고요한 밤, 열린 창으로 라임과 인동덩굴의 냄새가 들어오고, 펜촉은 거친 종이 위를 천천히 긁어 침묵과 무시의 세월 너머로 들려오는 속삭임을 받아 적는다.

그렇게 해서 60년이나 지난 지금까지도 그 인디언들은 내 기억 속에 아직 죽지 않고 살아 있다. 그들을 생각할 때면 별이 가득했던 막막하고 푸르고 빛나던 하늘을 함께 떠올리지 않을 수가 없다. 달이 없는 밤이면 헤아릴 수 없이 많은 거대하고 빛나는 별들이 하늘을 가득 메웠다. 겨울이 되면 그 별들은 초록, 파랑, 보라, 빨강, 노랑 빛을 띤 얼음처럼 반짝였다. 이제야 나는 알게 되었다.

그 별들이 두려움과 무지로 이루어진 얇은 띠처럼 바들바들 떨며 우리를 에워싸고 있을 수 있었던 것은, 인디언들이 매 순간 잠시도 쉬지 않고 그것들을 그 자리에 붙들어 놓고 있었기 때문이었다. 그 별이 비쳤던 큰 강은 인디언들이 불어 넣어 준 숨을 싣고 남쪽으로 흘러갔다. 봄마다 나무들은 인디언들의 피가 섞인 수액 덕에 다시 푸르러졌다. 그들은 자신들을 낳은 진창에서 간신히 반쯤 빠져나온 대가로, 삶으로 매일매일 할 수 있는 만큼의 값을 치러 나갔다. 그 진창은 생명을 준 대신, 그들이 영원히 방향을 잃고 헤매게 만들었다. 낮 동안 내 마음 속을 유성처럼 스치는 기억의 대부분은 카누들이 어지럽게 수면을 흩트리는 큰 강, 그리고 그 근처 땅들에 관한 것들이다. 그리고 내가 무의식적으로 취하는 몸짓들 중 많은 부분은 그 기억들과 연관되어 있다. 어떤 것들은 너무 간접적이고 은밀해서 나조차 그 연관성을 깨닫지 못하기도 한다. 그럼에도 나는 그 한 순간의 사소한 행동 때문에, 묻혀 있던 세월이 깊고 어두운 곳으로부터 표면으로 다시 떠오르는 것 같은 이상한 기분에 휩싸일 때가 있다. 내 의식이 그림을 감상하듯 매일매일 응시하는 이 기억들 외에도, 오직 몸만이 떠올릴 수 있는 다른 기억들이 있다. 그것들은 제대로 의식 속에 떠올라 이성의 검열을 받는 종류의 것이 아니다. 그것들은 이미지가 아니라, 떨림, 몸속에 맺힌 응어리, 가슴의 두근거림, 들리지 않는 중얼거림의 형태로 드러난다. 맑은 아침 공기 속으로 나서면 몸은 기억을 빌리지 않고도 오래전 같은 방식으로 자신을 감쌌던 공기를 떠올릴 수 있다. 내 몸은 제 나름의 방식으로 그 혹독했던 육체적 삶의 세월을 기억하고 있다. 그리고 그 느낌이 너무 강렬했던 나머지 다른 경험들에는 감응하지 않게 되어 버렸다. 그 시절 이웃 부족에서 온 인디언들이 자기들 주변에 보이지 않는 경계선을 둘렀듯이, 내 몸은 그 시절의 외피를 두르고 바깥의 어떤 것도 내 안에 들이지 않는 상태가 되었다. 오로지 그것과 닮은 것만 받아들일 수 있다. 현재는 오직 과거와 연관성을 가질 때에만 존재의 근거를 갖게 되었다. 그 점에서 인디언들은 나를 제대로 본 셈이었다. 나는 그 혼란스러우면서도 반짝이는 기억 말고는 다른 어떤 말도 할 수 없게 되어 버렸다. 게다가 나는 그들에게 생명을 빚졌으니, 매일매일 그들의 생명을 되살리는 것으로 그 빚을 갚는 게 옳다고 생각한다.

그러나 그것은 쉬운 일이 아니다. 이 기억들은 끈질기지만 손에 잘 잡히지 않는다. 가끔 기억이 단단한 형상처럼 또렷하고 정확하게 떠오르는 때도 있는데, 막상 붙잡아 고정하려고 하면 그것은 갑자기 펼쳐지고 늘어나기 시작한다. 멀리서 보았을 땐 전체에 가려져 있던 세부들이 자세히 들여다볼수록 모습을 드러내고 불어나며, 하나같이 점점 더 중요해진다. 급기야 나는 정신이 아득해지며, 내 주의를 끌고자 경쟁하는 이 모든 기억들 중 어떤 게 중심이고 어떤 게 주변인지조차 알 수 없게 되어 버린다. 기억의 중심은 사방으로 흩어지고 모든 세부 내용이 부풀어 오름과 동시에 잊고 있던 부분까지 다시 떠올라 증식한다. 그럴 때면 나는 쓸쓸하게 생각한다. 이 세상이 무한할 뿐 아니라 그것을 구성하는 각각의 부분도, 결국은 나의 기억 하나하나도 무한하다고. 그런 날엔, 인디언들 곁에 그렇게 오래 있었으니 그들을 좀먹던 혼돈에 물든 것도 당연하다고 생각하게 된다. 그러나 또 어떤 때는 많은 이미지들이 차분하고 질서 정연하게 떠올라 오래 머무르기도 한다. 그 기억들은 꾸준하면서도 신비로운 어떤 힘 덕분에 사라졌다가도 다시 나타나고, 각자의 고유한 형태를 잃지 않을 뿐 아니라, 그 형태가 점차 다듬어지고 매끄러워지다가 마침내 조약돌이나 뼈처럼 단단하고 깨끗한 모습이 된다.

그 많은 기억들 중 하나는, 도착한 다음 날 봤던, 놀고 있던 아이들의 모습이다. 나는 아이들이 마을에서 멀리 떨어진 물가에서 조용한 햇빛 아래 항상 같은 게임을 하며 행복하게 노는 모습을 자주 보았다. 내가 그곳에서 10년을 지내는 동안 놀이 구성원들은 계속 바뀌었다. 남자아이들은 일정 나이가 되면 사냥꾼들을 따라 섬으로 원정을 가느라 며칠씩 빠졌다. 원정에서 돌아온 소년들은 전보다 진지한 얼굴을 한 남자가 되어 있었다. 그러나 그 그룹은 모든 연령대의 아이들로 구성되어 있었기 때문에, 다른 어린 아이들이 일종의 '연속성'을 만들어 주었고 그래서 내게는 언제나 첫날 본 것과 똑같은 그룹으로 보였다. 그리고 애초에 나는 그 부족의 한 사람 한 사람을 구분하는 일이 어려웠다. 그들의 숯처럼 검은 생머리와 검게 빛나는 몸이 모두 비슷해 보였기에, 나는 아이들의 변화를 잘 알아차리지 못하고 계속 같은 아이들이라고 생각했다. 게다가 그들은 언제나 모든 것을 똑같이 유지하려고 노력했기 때문에 그 점이 정지 상태와 같은 착시를 일으킨 것도 사실이다. 나는 이 아이들이 노는 것을 족히 수백 번은 보았을 테지만 항상 첫날과 같은 장면을 보는 것 같았고 그 기억은 매번 더 선명해지면서 집요하게 되살아났다. 나는 불타는 태양 밑에서 벌어지는 끔찍한 도살 장면을 피해 물가로 달아났었다. 그 아이들의 나른한 놀이 장면이 나를 진정시켜 주었고 나는 그들을 그 자리에서 한참 동안 지켜보았다. 아이들은 강을 따라 나란히 한 줄로 서 있다가 한 명씩 바닥으로 쓰러져 잠든 듯 누웠다. 줄 맨 끝에 선 아이가 쓰러지면 첫 번째 아이가 그 아이 뒤로 가서 섰고 그러면 나머지 아이들이 그 뒤를 따르면서 게임이 다시 시작되었다. 어떤 때

는 맨 뒤 아이가 앞 아이의 손 위에 자기 손을 얹고 그 앞의 아이
는 또 그 앞 아이의 손 위에 손을 얹고, 이렇게 줄 맨 앞까지 이어
지기도 했다. 그렇게 서로 이어진 채, 아이들은 일렬로 앞으로 나
아가기도 하고 원을 만들거나 방향을 틀어 나선형을 만들기도 했
다. 몇 시간이고 아이들은 행복하게 게임을 했고 그 환한 기억은
오래 남아 언제고 내 마음 속에 떠오르곤 한다. 왜인지는 모르지
만 해마다 또렷해지는 그 아이들의 기억 속에서 나는 세계의 비밀
이 대낮의 햇빛 아래 드러나는 것을 보고 있는 것 같다는 느낌을
받는다. 어쩌면 세대를 이어가며 아이들이 같은 놀이를 반복해온
사실, 그리고 그 장면이 내 기억 속에 자꾸 되살아나는 일은 단순
한 우연이 아닐지도 모른다. 만약 이 모든 것이 아무 의미 없는 우
연이라면 이토록 끈질기게 살아남지 않았을 것이다. 적대적인 세
계 속에서 살아남는 그러한 끈질김은 어쩌면 그 자체로 세상의 가
장 깊은 본질과 무언가 연루되어 있음을 암시하는 것일 수도 있다.
시간이 형태를 갖고 공간이 존재 이유를 갖는 것처럼, 그 게임도
자연의 구조를 취하고 있는 것일 게다. 인간의 몸속을 힘차게 돌
며 생명을 일깨우는 혈액의 흐름이나, 밀려 들었다가 빠지는 바닷
물처럼 원초적인 리듬을 재생산하는 것이다. 그러나 설사 어떤 숨
겨진 의미가 드러나지 않는다고 해도 상관없다. 그 놀이는 내 기억

속에서 재생될 때마다 더욱 단순해진다. 중요하지 않거나 우발적인 모든 요소들은 점차 바래지고 마침내 아이들이 모래 위에 몸으로 그린 기하학적인 도형, 그 깔끔한 선만 남는다. 아이들이 하나씩 쓰러져 만든 끊어진 점선, 거기서 다시 일어나 손을 맞잡고 이어 만든 직선, 그리고 그것이 굽이치며 만들어내는 원과 나선으로.

자주 생각나는 기억 중 다른 하나는 설명하기 어려운 주기로 떠오르곤 하는데, 어느 여름 새벽, 축제 다음 날에 있었던 일이다. 한 인디언이 모래 위에 누워 죽어가고 있었다. 그는 등을 바닥에 댄 채 얼굴은 창백한 새벽 공기를 향해 있었고 온몸이 상처와 멍, 화상으로 가득했다. 그 전날 그는 인육을 먹고 술에 취하고 교접을 하며 하루를 보냈다. 그의 동공은 검푸른 하늘을 향해 열려 있었고 반쯤 벌린 입가로 피와 침이 흘러내린 자국이 서늘한 아침 공기에 말라붙어 있었다. 남자가 서서히 죽음에 다가갈수록, 그와 거의 같은 속도로 여름 해가 하늘 위로 떠올랐고 새벽은 창백함이 점차 걷히며 점점 더 짙은 푸른 빛으로 채워졌다. 죽어가는 남자와 그의 생명이 꺼져가던 공간의 극명한 대조야말로, 세계가 우리의 물질성을 빼앗아 그 피로 존재를 유지한다는 증거로 느껴졌다. 그의 눈에서 빛이 꺼져가고 호흡이 약해지고 가빠질수록, 아침 해는 그 광휘와 장엄함을 더해 갔다. 마치 세상이 그 남자의 마지막 숨으로부터 빛을 끌어다가 모래는 더 노랗게, 하늘은 더 푸르게, 나뭇잎의 초록은 더 빛나게 만든 것 같았다. 그 남자는 나보다 고작 몇 살 위였다. 그의 곁에 쪼그려 앉아 지켜보는 내 존재를 그는 더 이상 의식하지 못했다. 내가 인디언들을 안다고 여기는 범위 내에서 나는 그를 꽤 잘 알았다. 그는 내 오두막 아주 가까이에 가족과 함께 살았고 종종 자기 식구 중 여자들이나 아이들을 시켜서, 가끔은 몸소 내게 음식을 가져다 주곤 했다. 그는 신중하고 품위 있었다. 인디언들이 몇 주, 혹은 몇 달간 내 존재를 잊고 무관심할 때가 있긴 했어도 그 외의 시기에는 나를 둘러싸고 과장된 몸짓과 요구, 아부를 퍼붓는 경우가 일반적이었다. 이를테면 내게 음식을 가져다 줄 때마다 그들은 내가 그들의 관대함을 언젠가 언급할 수 있도록 수선을 떨어 그 사실을 기억에 남기려고 했다. 그들은 자기들을 더 돋보이게 하고 쉽게 기억되도록 하기 위해 행동과 특징을 과장하곤 했다. 그들이 취하던 자세들이 늘 장점을 부각했던 것도 아니었다. 그러나 그들은 스스로에게 부여하는 이미지가 좋고 나쁜 것에는 크게 신경 쓰지 않았다. 중요한 것은 강렬하고 잊히지 않는 것이었다. 그들 중 대다수는 내가 그곳에 머문 10년간, 마주칠 때마다 유치한 행동들을 하며 나를 쫓아다녔다. 내가 도착했던 첫날, 한 인디언이 내 관심을 끌려고 나를 잡아

먹을 것처럼 굴면서 자기 팔을 무는 시늉을 했다. 그 후로 그는 나를 볼 때마다 웃으며 그 일을 상기시켰다. "데프-기, 데프-기", 그러면서 그는 몇 마디 빠른 음절들을 덧붙였는데, 대충 해석하자면 이렇다. "내가 너를 잡아 먹겠다고 농담했던 사람이야." 그는 몸이 땅딸막한 남자였는데, 10년 동안 나이를 먹어 이가 거의 빠졌다. 그가 웃으면 엷은 분홍색 잇몸이 훤히 드러나고 눈가에 자글자글 주름이 잡혔다. 내가 거기 있었던 그 모든 시간 동안 그는 그 똑같은 두세 마디의 새되고 빠른 소음으로 이루어진 유치한 농담 외에 내게 다른 말을 건넨 적이 없었다. 왜냐하면 그것만이 그를 잊혀지지 않게 각인시킬 방법이기 때문이었다. 가끔 그가 심각한 표정을 하고 인사 없이 나를 지나칠 때도 있었는데, 그러고 나서는 바로, 갑자기 생각이 났다는 듯 뒤에서 나를 불러 세웠다. 그리고 그는 인위적인 미소를 띠고 그 공식 같은 말을 건넨 다음, 다시 진지한 표정으로 가던 길을 갔다. 그를 마지막으로 본 것은 인디언들이 나를 강 하류로 떠나 보냈던 그날 오후였다. 그는 카누 주변에 몰려든 사람들을 헤치며 내게 다가오려 하고 있었는데, 사람들 틈에 끼여 밀고 밀리는 와중에도 얼굴에 띤 미소를 흩트리지 않으려 애쓰면서 어떤 말을 쉼 없이 반복하고 있었다. 소음 때문에 잘 들리지는 않았지만 무슨 말인지 굳이 듣지 않아도 알 수 있었

다. "데프-기, 데프-기. 내가 너를 잡아 먹겠다고 농담했던 사람이
야. 내가 너를 잡아 먹겠다고 농담했던 사람이야."

　모두가 그렇게 극단적이었던 것은 아니지만 거의 모든 인디언
들이 비슷한 방식으로 행동했다. 그들이 기회가 될 때마다 내 주
의를 끌기 위해 취했던 뻔하고 어색한 포즈들은 익명이라는 무(無)
의 상태에서 벗어나기 위한 노력이었다. 그들이 뭔가를 자랑할 때
는 어김없이 과장되고 허황된 이야기로 흘렀다. 누군가는 부족에
서 제일 가는 사냥꾼이었고, 또 어떤 이는 가장 훌륭한 화살을 만
들었으며, 또 다른 이는 그 누구보다 목욕을 자주 했다. 그들은 거
짓말을 하진 않았지만 과장은 빈번했다. 그것은 나를 속이기 위해
서라기보다는 스스로가 설정한 자신의 존재감을 나나 자신들의
눈에 더 커 보이게 하고 싶어서였다. 하루아침에 이가 전부 빠졌
다고 내게 자랑한 노인이 있었는가 하면, 어떤 여자는 인디언답지
않게 말을 빙빙 돌리면서 자신이 처녀일 적에 침이 달콤한 것으로
유명해서 술에 넣을 약초들을 씹는 역할을 맡아 달라고 사람들이
졸랐다는 이야기를 했다. 그녀는 손가락 끝에 침을 뱉어 내게 내
밀면서 맛을 보면 절대 잊지 못할 것이라고 했다. 강하고 오래가
는 인상을 남기고 싶은 과도한 욕망은, 깊은 우정은 고사하고 최
소한의 소박하고 자연스러운 관계를 맺는 데에도 방해가 되었다.

때로 뚱하기까지 한 그들의 뻣뻣한 태도도 문제였다. 다른 이들과 마음을 터놓으며 누리는 편안한 행복감 같은 것은 그들에게는 완전히 낯선 개념이었다. 그들은 원초적인 즐거움을 스스로 금지한 사람들, 스스로에게 심각하고 슬퍼 보여야 한다는 의무를 짊어지우고 그 아래서 시들어가고 있는 사람들 같았다. 그들은 스스로에게 엄격하고 무미건조한 삶을 강요하면서 쾌락을 경계하고 배제했다. 이런 의도적인 금욕성은 그들이 어쩌다 즐거움을 느꼈을 때 더욱 분명히 드러났다. 일관되게 거부했음에도 갑자기 즐거움이 습격하는 데에 그들은 당황했고, 그 자체만으로 격렬한 내적 갈등이 유발되면서 여러 모순된 감정들이 토해져 나왔다. 그들에게 쾌락이란, 그것을 느끼는 순간이 가장 싫은 것이었다. 쾌락이 그들의 생활 속에 없는 동안에는 그것을 금지하기로 한 결정이 아주 그럴듯해 보였다. 하지만 그 감정이 어떤 예상치 못한 순간에, 관능적 쾌락이나 순수한 행복 같은 형태로 나타나면 그들은 당황하거나 수치스러워하며 그것을 감추려 했다. 그들은 자신의 쾌락을 알아차리고 싶어하지 않았다. 무언가가 방어벽을 뚫고 들어와 자신들을 기쁘게 만든다는 사실 자체를 혐오했다.

그러나 노란 모래 위에 하늘을 보고 누워 천천히 죽어가던 그 남자는 달랐다. 그는 다른 인디언들처럼 불안하거나 경직되어 보이지 않았다. 스스로를 특정 이미지로 빚으려 하거나 우연한 삶의 리듬을 거부하려 애쓰지도 않았다. 그는 하루의 흐름에 자신을 맡겨 세월이 자신을 빚어가도록 내버려 둘 줄 아는 사람이었다. 그의 그러한 유연함 덕분에 나는 그와 조금 더 자연스럽고 직접적인 관계를 맺을 수 있었다. 물론 그렇다고 해서 우리가 가까운 친구였던 것은 아니고 사실 대화도 거의 나누지 않는 사이였지만, 적어도 그는 언제 만나도 내게 작위적인 미소를 짓거나 자신의 존재를 각인시키려는 억지 시도를 하지 않을 거라는 확신을 주었다. 그는 걸음도 다른 사람들보다 느렸다. 나는 그 미묘한 느긋함에서 그만의 고유함을 감지했다. 그는 부족이나 언어, 육체와 같은 자기 정체성의 핵심을 부정하는 것이 결국 아무 의미도 없는 일이라 믿는 사람 같았다. 설령 그 생각이 틀려서 자기 자신이 소멸하게 될지언정 그는 세상의 경직된 법칙을 거부하고 다른 이들과 다른 삶을 살 자유를 스스로에게 남겨두었다. 그 사소한 차이로부터 일종의 친절함이 생겨났다. 나는 종종 그를 찾아갔고 그도 자주 나를 보러 왔다. 우리는 말은 거의 나누지 않았지만 가만히 함께 있기만 해도 그가 내 운명에 품고 있는 연민이 느껴졌다. 그는 내게 창과 화살, 그리고 그들이 능숙하게 쓰는 작은 뼈칼을 이용해 물고기를 잡는 법을 가르쳐 주었다. 그는 아이들에게도 참을

성이 많고 다정한 사람이었다. 사람들은 회의 시간에 그에게 자주 의견을 묻곤 했는데, 그러면 그는 자신의 의견이 다른 존경할 만한 동료들의 것보다 더 낫지는 않다는 투로 사려 깊게, 그러나 분명하고 담담하게 자기 생각을 표명하곤 했다. 그것이 내게는 다른 이들이 더 무거운 진실은 견디지 못할 것이라 여겨 그들의 헛된 희망을 인정해 주는 어떻게 보면 아버지 같은 태도로 보였다.

그 비극이 있기 1년 전, 그 남자는 요리사 중 한 사람이었다. 그가 요리사가 되기 전에는 그를 잘 알지 못했기 때문에, 부족의 다른 이들과 잘 분간하지 못했다. 나는 요리사들의 침착하고 기민한 태도를 보며, 그들이 늘 그렇게 행동하는 사람들인 줄 알았다. 그들의 일시적인 역할을 본래 성격으로 오해한 탓이었다. 해마다 이 역할은 어떤 기준에 따라 정해지는 것 같았지만 구체적인 원칙은 나로선 이해할 수 없었다. 다만 어떤 윤리적인 이유로, 사냥을 맡은 사람들은 그 고기를 먹지 못한다는 규칙이 있다는 것만은 알고 있었다. 사냥꾼들은 해마다 긴 비밀 회의를 거쳐 선발되었다. 내가 이 남자를 처음으로 인지한 순간은 그가 부족의 소란에서 한참 떨어진 곳에서 요리사들을 위해 소박한 식사를 준비하는 모습을 보았을 때였다. 그래서 내 기억 속의 그는 차분하고 정확한 손놀림과 결부되어 있었으나 그 첫인상이 다른 많은 사실들을 가렸다. 예를 들자면 당시 부족이 먹고 있는 이들을 그 전날 죽인 사람이 바로 그 남자라는 것, 그리고 그날 아침에도 역시 그가 작은 뼈칼로 포로들의 사체를 토막내었다는 사실 같은 것들 말이다. 어쨌든 차분하고 따뜻한 그의 태도는 그 후 1년 동안 내가 그에 대해 갖고 있었던, 침착한 사람이라는 인상을 더욱 굳혀 주었다.

그의 죽음은 내가 틀렸음을 깨닫게 해 주었다. 그가 죽기 전날, 내가 품고 있던 환상이 무너지기 시작했다. 오전에 그는 석쇠 앞에서 불안하게 서성이며 요리사들이 능숙하고 무심한 손길로 해체된 시신을 달궈진 숯 위에 올려 놓는 것을 초조하게 지켜보고 있었다. 그의 표정은 어떤 내면의 갈등이나 의심도 없이 노골적이었다. 연기 나는 석쇠 주변을 서성이는 그의 모습은 다른 이들보다도 더 조급해 보였다. 다른 인디언들의 꿈꾸는 듯한 멍한 미소를 띤 얼굴에는 곧 다가올 즐거움에 대한 기대가 드러났다. 그러나 그의 얼굴은 그런 가짜 기쁨의 흔적조차 보이지 않았다. 그는 음울한, 거의 화가 난 듯한 모습으로 석쇠 근처를 왕복하고 있었다. 주위의 어떤 소리도 그의 귀에는 들리지 않는 것처럼 보였다. 나는 멀찍이 떨어져서 그를 관찰하기 시작했다. 고기가 다 익었을 때, 나는 그가 길을 막은 여자의 어깨를 주먹으로 쳐서 비키게 하는 것을 보고 경악을 금치 못했다. 그는 기다릴 때와 똑같은 뚱한 얼굴로 자기 몫의 고기를 집어 들고는, 앉아서 먹을 만한 조용한 장소를 찾아 한동안 두리번거렸다. 그리고 혼자 강가로 걸어가서 빈 카누에 앉아 고기를 먹기 시작했다. 그는 고개도 거의 들지 않은 채 고집스럽고도 광포하게 고기를 씹어댔다. 마치 한입에 고기뿐 아니라 세상까지 다 삼키고 싶은데 그러지 못해 화가 난 것처럼 보였다. 첫 번째 조각을 다 먹고 나자 그는 카누에서 뛰어 내려 곧바로 다른 조각을 받으러 갔다. 이번에는 불 근처에 선 채로 두 입만에 해치운 뒤, 세 번째 조각을 손에 넣었다. 그는 배가 부른 것이 분명해 보였지만 세 번째 조각은 그가 스스로에게 부과한 의무인 것 같았다. 그는 고기를 손에 든 채 천천히 강가를 따라 걸으며 걷는 속도에 맞춰 씹다 멈추다 했으나 마지막 몇 입은 좀처럼 넘기지 못했다. 그는 얼굴을 찌푸린 채 먼 곳을 쳐다보며 하염없이 남은 조각을 씹었다. 간신히 손에 든 뼛조각을 깨끗이 발라 먹고 나자, 그는 그것을 자신의 발자국이 깊이 새겨진 모래밭 위에 힘없이 떨어트리고는 이내 자신도 그 자리에 주저 앉았다. 그는 한동안 그렇게 햇볕 아래에서 졸다가 다른 인디언들이 술 항아리를 둘러싸고 내는 소음에 일어나 앉아 눈을 껌벅이며 소리가 나는 쪽을 바라보았다. 그는 바로 그 자리에서 다음 날 아침에 숨을 거두게 될 것이었지만, 이미 세상으로부터 단절되어 있는 듯 보였다. 그의 눈에 비친 세상은 더 이상 아무 물리적 존재감도 지니고 있지 않았다. 그는 여전히 잠에 취한 채로 몸을 일으켜 술 항아리 쪽으로 걸어갔다. 술을 나눠주던 인디언이 그에게 가득 채운 술 그릇을 내밀었지만 그는 그것조차 보지 못하고 바닥에서 빈 그릇을 집어 항아리에 담가 술을 채운 뒤, 단숨에 들이켰다. 그는 몸을 꼿꼿이 세우고 가슴은 약간 내민 채, 같은 동작을 예닐곱 번 반복했다. 그의 눈빛이 점점 더 탁해져 갔다. 그 눈에서 엿보이는 것은 꿈도 환상도 아닌 그저 짙고 끝없는 어둠뿐이었다. 그 후 그는 무리에서 떨어져 나와 밤이 될 때까지 물가에 꼼짝 않고 서 있었다. 그렇게 뻣뻣하게 움직이지 않고 버티는 데는 엄청난 노력이 필요했다. 그의 온몸이 그 자세를 유지하기 위해 분투하고 있다는 것이 눈에 보였다. 목이 부풀어 오르고 이마에는 굵고 울퉁불퉁한 핏줄이 불거졌다. 눈은 한 곳만 뚫어져라 응시하고 있었으며, 앙다문 이빨 사이로는 찌걱이는 소리와 함께 침방울이 비어져 나왔다. 그가 그렇게 미동도 없이 서 있는 모습은 부족 전체가 열에 들떠 뒤엉켜 있는 주변의 광경과 대조되어 더욱 기괴하게 보였다. 어린아이부터 노인까지 모든 연령대를 망라한 몸들이 짐승처럼 결합하면서 그들의 한숨과 외침, 탄식이 부드럽고 따뜻한 저녁 공기를 가득 채웠다. 꼿꼿하게 서 있는 그에게서 고작 몇 걸음 떨어진 곳에도 많은 이들이 굴러다녔다. 그러다 갑자기, 밤이 내리자마자 예상치도 못하게 그는 자리를 박차고 달려가 나무들 사이 어둠 속으로 사라졌다. 나는 그를 놓치고 말았다. 나는 그가 광란에 동참했다는 사실을 안다. 해마다 몇 시간 동안 부족 전체를 집어 삼켰다가 어떤 이들은 망가진 채 토해내고 일부는 영영 가둬 두는 그 늪을 그는 몇 번이고 통과했다. 그가 몇 시간 동안 꼼짝 않고 서 있었던 것은 혼돈으로부터 자신을 지켜내기 위한 절제나 노력의 표시가 아니었다. 오히려 그것은 무모한 도전이었고 또 다른 광기이자 과잉의 한 형태였다. 어쨌든 끝이 없을 것 같던 그 밤이 지나고 맞이한 검푸른 새벽에 노란 모래 위로 밀려온 것은 내가 알던 그 남자가 아니라, 상처 입고 텅 빈 그의 껍데기였다.

아침 햇살 아래 나는 몸을 굽혀 그가 죽어가는 모습을 지켜보았다. 여러 경험이 뒤섞여 하나의 뭉개진 이미지로 남는 다른 기억들과는 달리, 이 기억만은 단일하고 선명하다. 왜냐하면 모든 죽음이 고유하고, 더구나 이 죽음은 다른 사람도 아닌 그 남자의 것이었기 때문이다. 이 점에서 죽음과 기억은 닮았다. 그것들은 모든 사람 각자에게 고유하기 때문이다. 같은 순간을 함께 겪었다는 이유로 공통의 기억을 가졌다고 믿는 사람들은, 실은 저마다의 기억이 다르다는 것과, 죽음이 고독하듯 기억도 본질적으로 고독하다는 사실을 알지 못하는 것이다. 기억은 감옥이다. 누구나 그 안에 갇힌 채 태어나고 갇힌 채로 죽는다. 그리고 기억은 곧 죽음 그 자체다. 사람은 고유한 기억을 지닌 존재이기에 죽는다. 왜냐하면 실제로 죽는 것은 바로 그 고유한 기억들—찰나적이고 타인에게 이어지지도 못하며, 군중 속에서 사라지도록 운명 지어진—이기 때문이다. 그런 유일무이한 기억들은 오직 자신만이 '기억하는 자'라는 착각을 불러일으키고 죽음은 결국 그 독점적인 기억을 지워 버리는 일이다. 그리고 그날 아침 나는 만신창이가 된 채 숨이 끊어져가던 그 남자로부터, 선한 행실은 우리를 에워싼 암흑으로부터 우리를 구원하지 못한다는 사실을 배웠다. 우리가 용감하게 하룻밤을 넘긴다 해도 한 걸음 앞엔 더 긴 밤이 기다리고 있다. 평온하던 시절에 그 남자가 착하게 살고자 몸부림쳤던 보람은 없었다. 위태롭게 춤추던 죄 없는 그의 발 아래 입을 벌리고 있던 어둠이, 결국 그를 집어삼켰다. 우리가 살아가는 곳은 선도 악도 분별하지 못하는 가공할 무심의 세계이다. 그 세계는 우리가 저지른 죄를 벌하거나 우리가 지킨 선을 보상하지 않고 다만 흔적 없이 지워버릴 뿐이다. 정오 무렵 그는 마침내 숨을 거뒀다. 파란 하늘과 초록 잎사귀, 금빛 강물과 노란 모래 가운데 그는 이름 없는 한 점 얼룩이 되었다. 마치 우리 주변을 둘러싼 세계의 찬란한 외피가 그의 생명을 빛에 상납한 것만 같았다.

꿈이란, 아무리 또렷했고 기억 속에 선명하게 남아 있다 해도 막상 지나고 나면 증명할 수 없는 먼 일이 된다. 누군가에게 꿈 이야기를 들려주면 듣는 이는 내용을 이해했다고 믿고 고개를 끄덕이겠지만 실은 아무것도 모른다. 심지어 꿈을 꾼 장본인조차 자기가 꾼 꿈 내용을 정확히 알지 못한다. 예를 들어 어느 날 오후에, 어떤 자극에 의해 잊고 있던 꿈이 갑자기 떠올랐다고 치자. 그는 그 꿈을 정확히 언제 꿨는지 알 수 없다. 어젯밤이었는지 한 달 전인지 아니면 수년 전이었는지도 판단하지 못한다. '기억났다'고 믿는 그 꿈이 정말 오래된 것인지, 아니면 기억을 가장한 방금 꾼 꿈인지, 그는 영원히 알 길이 없을 것이다. 꿈과 기억은 같은 재질로 이루어져 있다. 자세히 들여다보면 모든 것은 기억이다. 하지만 세상은 그것들에 시간적 좌표를 부여하고 물성을 입힐 수 있다. 예컨대 지금 이 순간 내 꿈에 케사다 신부가 등장했다고 해 보자. 그렇다면 그 꿈은 적어도 내가 신부를 알게 된 이후의 일이므로 시간적 기준을 갖게 된다. 그리고 신부에 대한 기억은 꿈과는 달리, 그가 내게 준 몇 권의 책(한 번도 곁에서 떼어놓은 적이 없다) 덕에 두께와 실재감을 얻는다. 그렇게 꿈과 기억, 그리고 굵직한 경험들이 엮이고 그림을 짜내어 한 폭의 성긴 직물을 만든다. 나는 그 직물을 별 애정 없이 '내 인생'이라 부른다. 하지만 가끔 고요한 밤이면 글을 쓰던 손을 멈추고 믿기 어려울 만큼 선명한 현재 속에 나는 스스로에게 묻는다. 대륙과 바다, 행성과 인간 무리들로 가득했던 그 삶은 과연 실제로 존재했던 것일까. 아니면 조금 전 한 순간, 고양감조차도 못되는 한낱 졸음이 불러온 환영은 아니었을까. 인디언들이 '존재하다'를 '―처럼 보인다'로 표현했던 건, 결국 그리 터무니없는 일도 아니었다. 나는 그들의 믿음 속에 깃든 진실에 마음 깊이 탄복하곤 한다.

어느 날 늦은 오후, 나는 집 문 앞에 앉아 있었다. 마음은 아무런 생각 없이 평온했다. 그날은 바람이 종일 불던 긴 봄날이었다. 따뜻하고 꾸준한 바람이 짙은 흰 구름을 아침부터 몰고 다니며 푸른 하늘을 드문드문 보여주다가 해질녘이 되어서야 비로소 멎었다. 바람이 자취를 감춘 맑은 하늘엔, 석양빛에 물든 초록과 주황 붓자국 같은 길고 투명한 구름 두세 점이 겹쳐 떠 있었다. 나는 깨끗이 쓸어놓은 마당에 앉아 흙담 벽에 등을 기댄 채, 하늘이 어두워지고 구름들도 천천히 희미해져 가는 모습을 바라보았다. 바람은 내 상념들까지 구름과 함께 걷어간 듯했다. 나는 작은 구름 조각들의 색이 보랏빛으로, 이어 파란색으로 변해가다가 점차 엷어지며 사라지는 것을 지켜보았다. 태양은 이미 수평선 아래로 미끄러져 내려갔고 저녁을 비추던 마지막 남은 빛마저 차츰 균일해지며 잦아들었다.

마을 위로 황혼이 내려 앉았다. 나처럼 인디언들 몇 명도 집 앞에 나와 앉아 있었다. 해변을 천천히 제각기 다른 방향으로 가로지르고 있는 사람들은 평소보다 더 무기력해 보였다. 적어도 지금 기억으로는 그렇다. 한 남자는 무릎을 꿇고 능숙하게 불을 피우고 있었고, 어둑한 나무 밑에서는 아이들이 기이한 놀이에 몰두해 있었다. 바람이 갑자기 잦아든 탓인지 저녁 공기도 사람들도 수평선 너머 짙은 풍경들도 모두 더 안정되고 너그러워 보였다. 원초적이고 익숙한 음식 냄새가 상쾌한 공기를 흐리지 않으면서 은근하게 퍼져 나갔다. 나는 몇 분 동안 어둠 속에서 흐르듯 움직이는 사람들의 모습을 넋을 놓고 지켜보다가 다시 하늘을 올려다 보았다. 작은 구름들은 이미 사라져 있었다. 점점 어두워지는 텅 빈 푸른 하늘 위로, 희미한 첫별들이 먼 곳으로부터 다가오듯 드문드문 떠오르기 시작했다. 유심히 보지 않으면 잘 보이지 않았다. 미약한 빛의 점 같은 그 별들은 자기 존재에 확신이 없는 듯, 켜졌다 꺼졌다 깜박이고 있었다. 영원을 약속받은 그 별들조차도 그저 존재하기 위해 우리처럼 수고와 노력이 필요한 게 아닐까.

그 시기 나는 짧고 밋밋한 삶을 살다가 곧 죽게 될 운명이라고 굳게 믿고 있었다. 하지만 그로부터 얼마 지나지 않아, 인디언들이 나를 짐을 가득 쟁인 카누에 태워 보낼 줄은, 그리고 그 여정의 끝에, 생의 종착지일 줄 알았던 그 시절로부터 너무도 멀리 떨어진 이 낯선 여름밤에 당도하게 되리라고는 꿈에도 몰랐다. 어쨌든 내 믿음에 분노나 불안 같은 감정은 섞여 있지 않았다. 나는 그저 무덤덤하게 운명에 나를 맡기고 현재가 제공해 주는 것들에 집중했다. 맨몸으로 세상에 왔으니 거칠고 마른 빵일지라도 일용할 양식이 있다는 것에 만족했고, 더 나은 맛을 알지 못했기에 향수 같은 것도 품지 않았다. 그 평화로운 저녁, 나는 평소보다 훨씬 더 무감했지만 아마도 온화한 날씨 덕에 그마저도 자각하지 못하고 있었다. 나는 앉아서 별들이 하나둘 떠오르는 모습을 잠시 더 바라보다가 자리를 털고 일어나 마을 안을 천천히 거닐기 시작했다.

인디언들 몇 명이 이제는 익숙해진 '알지?' 하는 공모의 눈빛을 보냈다. 그들은 지나칠 때 스스로를 가리키면서 눈을 찡긋하거나 익살스럽게 울상을 지으며 '데프-기, 데프-기'라고 말했다. 때때로 근처 강에서 느닷없는 첨벙 소리가 들려왔다. 몇 분 전부터 불을 붙이려 애쓰던 남자가 마침내 성공했다. 그가 장작에 많은 양의 덤불과 마른 짚을 섞어 넣은 탓에 불길이 맹렬한 소리를 내며 수직으로 치솟았다. 푸르스름한 어둠 속에서 검은 나비 떼가 나타나 불꽃 속으로 날아들었다. 불 근처의 공기가 금세 후끈해졌다. 비록 바람은 한 점도 없었지만 불길이 워낙 거세게 타오른 탓에 짙은 연기 기둥이 소용돌이 모양으로 자욱하게 피어올랐다. 남자는 막대기로 흩어진 나뭇가지들을 불 쪽으로 끌어모으면서 불을 돌보고 있었다. 지나가던 인디언들이 그에게 짧은 인사를 건네고 푸른 어스름 속으로 다시 사라졌다. 나는 연기와 불꽃, 불똥이 일으키는 소란을 피해 강으로 향했다. 푸르스름한 어둠 속에서 모래는 오히려 낮보다 더 노랗게 빛났다. 한 남자가 물을 줄줄 흘리며 강 밖으로 나오더니 나무들 쪽으로 뛰어가 사라졌다. 나는 물가에 멈춰 섰다.

저녁 어스름은 그대로 멈춘 채 더 짙어지지 않고 있었다. 저녁이면 늘 시끄럽던 새소리가 들리지 않는 것이 이상했다. 생각해보면 한참 전부터 조용했다. 일정한 간격으로 미세하게 밀려오는 물가의 잔물결 말고는 강물조차 잠잠했다. 유일하게 들리는 것은 인간이 내는 소리였다. 고함, 인사, 대화, 그리고 형태 없는 것에서 무언가를 빚어내느라 뼈와 나무를 깎는 소리. 등 뒤에서는 이따금 맨발들이 모래 위를 달리거나 지치며 오가는 둔탁한 자박 소리가 들려왔다. 조금 더 멀리, 어둠 속 강가에는 배 몇 척이 검은 윤곽만 드러내고 있었다. 그 자리에 존재하는 모든 것들은—우리까지 포함해서—그곳에 '존재'할 뿐만 아니라 그 장소 '자체'였다. 어쩌면 우리가 그 장소의 본질이었는지도 모르겠다. 유난히 포근한 밤이어서였는지, 평소와 같은 경멸을 담은 듯한 적막이 더욱 아프게 느껴졌다. 그 저녁 나절의 평화는 어떤 진실을 드러내고 있었다. 우리가 그곳에 존재할 수 있었던 것은 전적으로 그 장소가 자비롭게 허락해 준 덕분이었다. 그 사실은 우리를 아무 생각 없이 복종하는 짐승들보다도 더 하찮게 만들었다. 인디언들의 표현을 빌자면 그 장소가 그 장소'처럼 보일' 수 있었던 것은 우리가 존재하는 것'처럼 보였'기 때문이었는데도, 그곳은 우리의 믿음을 사기 위한 어떤 표시도 노력도 보여주지 않았다.

강가의 단단한 모래가 맨발에 차갑고 축축했다. 나는 무심히 서 있다가 시간이 조금 흐른 후에야 그 모래가 빛을 내고 있다는 걸 알아차렸다. 모래와 마찬가지로 강물도 희미하고 흰 인광빛을 띠고 있었다. 나는 뒤돌아 고개를 들어 하늘을 바라보았다. 달이었다. 그렇게 크고 동그랗고 강렬한 빛을 내는 달은 본 적이 없었다. 달빛이 너무 밝아 별을 모두 지웠다. 따뜻하고 익숙한, 그러나 세상에 하나뿐인 또렷한 달이 천천히 떠오르고 있었다. 그 빛의 강렬함이, 어둠의 진행이 어느 순간 멈춘 듯 느껴졌던 이유를 설명해 주고 있었다. 이제 눈에 띄는 모든 것 위에 달빛이 수놓였다. 그 빛은 나뭇잎 위로 흘러 내리거나 땅과 벽과 지붕, 벌거벗은 육체들에 순백의 무늬를 새겼다. 인디언들이 나무들 사이로 움직일 때마다 그들의 몸이 마치 차가운 불이라도 된 것처럼 빛을 발했다. 달은 우리가 이해할 수는 없지만 더 이상 두려워하지도 않는, 우리가 그 신비마저 끌어안은 어떤 것들과 닮아 있었다. 달의 존재를 설명해 주는 근거는 없었다. 하지만 달은 우리가 너무나 자주 보는 데다 또 눈을 멀게 하는 태양보다는 더 가깝고 부드럽기 때문에, 그리고 그 위상(位相)이나 뜨고 저묾 같이 예측 가능한 꾸준함과 규칙성을 통해 삶을 꾸려가는 데 도움을 주기 때문에, 우리를 불안하게 만들기보다는 달래 주는 존재였다. 태양은 매일 비웃듯 지나가면서 그 장소의 정의되지 않은 모든 존재들 위에 그 잔인한 빛을 뿌렸다. 반면 유순한 달은 우리 가까이에서 그 장소의 일부를 이루면서 낯선 세계와 친숙한 세계 사이를 잇는 일종의 다리 역할을 해 주었다. 달빛 덕분에 어둠 속에서 미완으로 떠돌던 모든 것들이 우리를 알아보게 되어, 우리를 무작위로 소멸시키지 않을지도 모른다는 이상한 안도감마저 들었다. 비록 달은 우리를 구하거나 대신 나서줄 수는 없었지만 따뜻하게 늘 곁을 지켜준 동반자였다. 달의 존재는 우리 자신의 잣대와 크게 다르지 않은 기준으로 우리를 헤아려 주는 무언가가 바깥에도 있다는 환상을 안겨주었다.

　인디언들은 보통 일찍 잠자리에 들었지만 밤이 따뜻한 계절에는 완전히 어두워질 때까지 집 밖에서 시간을 보내는 이들이 많았다. 한 인디언이 아까부터 불 앞을 지키고 있었지만 숯을 뒤적이고 불에 장작을 집어넣으면서 시간을 때우려는 목적 외의 다른 이유가 있는 것 같지는 않았다. 그가 몸을 숙여 막대기로 장작을 쑤실 때마다 불길이 솟구치며 번들거리는 검은 몸을 비추었다. 그는 일에 몰두한 나머지 머리 위로 점점 높이 떠오르고 있는 달을 전혀 의식하지 못하고 있었다. 그 달은 이상하리만치 크고 완벽하게 둥글며, 푸른 빛을 머금은 기묘한 흰 색이었는데, 눈에 몹시 띄면서도 어딘가 긴박한 기운이 감돌았다. 그 달이 내는 빛은 밤의 것도 낮의 것도 아닌 것이, 곧 닥칠 무언가를 예고하는 듯했다. 빛은 점점 더 강렬해졌고, 잎 사이로 스며든 빛줄기며, 강물 위의 흰 달그림자마저 주위를 온통 감싼 환한 빛 속으로 흡수되어 사라졌다. 모닥불조차 그 밝기 앞에서 빛을 잃고 창백해졌다. 불과 조금 전까지만 해도 산발적으로 흩어져 있던 그 기이한 빛은 어느새 균일하고 또렷해져, 이미 실재성이 의심스러운 사물들에 한층 더 낯선 느낌을 덧씌우고 있었다. 나는 문득 혼란스러운 감정에 휩싸였다. 어쩌면 우리는 우리가 생각하는 그 장소에 있는 것이 아닐지도 모르며, 우리가 믿는 것 같은 존재가 아닐 수도 있다. 그리고 어쩌면 저 기이한 달빛이, 말도 안되게 환한 그 빛이 우리의 진짜 모습을 드러낼지도 모른다.

빛이 강렬함의 정점에 도달한 바로 그 순간, 달이 가려지기 시작했다. 마을과 해변 사이를 거닐던 몇몇 인디언들도 나와 거의 동시에 그것을 알아차렸다. 나는 이미 한참 전부터 달에서 눈을 떼지 못하고 있었지만, 그들은 아무도 달을 보고 있지 않았음에도 어떤 설명할 수 없는 이유로 나와 같은 것을 감지한 것 같았다. 푸른 빛이 천천히 달 위에 겹쳐지며 눈부신 찬란함을 누그러뜨려 가고 있었다. 아직 가려지지 않은 부분은 가려진 부분에 대비되어 더욱 밝아 보이다가 결국 푸른 음영에 삼켜졌다. 깨끗한 세로선이 달을 두 부분으로 갈랐다. 그 선을 사이에 두고 푸른 부분은 천천히 커져가고 밝은 부분은 반대로 작아지는 것이 마치 활시위가 당겨지는 모습처럼 보였다. 몇 분이 지나자 세로선이 정확히 달 가운데에 도달했다. 한쪽 반원은 푸른 그림자에 덮였고 다른 반쪽은 여전히 강렬하게 밝았다. 그러나 자세히 살펴보면 푸른 쪽의 바깥 가장자리에 또 하나의 세로선이 형성되어, 그림자를 한층 더 어둡게 물들이기 시작한 것을 볼 수 있었다. 새로운 선은 거의 알아차리기 힘들 정도로 천천히 중심을 향해 움직이고 있었다. 밝은 영역도 계속해서 줄어들었고 머지않아 완전히 사라질 것이 분명했다.

불을 뒤적이던 남자가 막대기를 떨어트리고 고개를 들어 달을 올려다 보더니, 백사장 가운데로 천천히 걸어 나갔다. 불빛을 받아 빛나고 있던 그의 몸은 불에서 멀어질수록 차츰 그 선명함을 잃고 주위의 어스름보다 약간 더 짙고 입체적인 푸르스름한 실루엣으로 변해 버렸다. 그는 비척거리며 걸어가 사람들 사이로 섞여들었다. 오두막에서, 나무 사이에서, 마을 곳곳에서 인디언들이 나와 조용히 강변의 공터로 모여들고 있었다. 하늘을 올려다 보는 사람들의 수가 점점 늘어가는 중에도 모래 위의 발소리, 숨소리, 손과 몸이 스치는 소리 외에 단 한마디의 말소리도 들려오지 않았다. 고요한 가운데 한 줄기 확신의 숨결이 짙어가는 어둠 속에 떠돌았다. 나는 그 확신의 의미를 알 것 같은 기분에 가슴이 뛰었다. 너무 익숙한 나머지 불멸할 것처럼 여겨졌던 달이 바로 눈앞에서 칠흑 같은 밤 속으로 사라져가고 있었다. 그 광경은 인디언들이 의식했든 안 했든 그들의 생각과 행동으로 드러냈던 오래된 신념을 확증해 주는 것이자, 그들이 시간이 시작될 때부터 알고 있던 일이었다. 그들에게 삶이란, 서로 몸을 붙인 채 심각하고 쓸쓸하게 그 이름에 걸맞는 단 한 번의 사건을 기다리는 일 외에는 아무것도 아니었다. 그리고 바로 그날 밤, 다시 없을 그 사건이 예고도 없이 갑자기 들이닥쳤다. 사람들은 동요하지 않았다. 미동도 소리도 없이 하늘을 응시하는 그들의 실루엣은 어둠이 깊어질수록 더 짙어져서 결국은 밤 그 자체와 분간할 수 없게 되었다.

어둠의 파동이 차례로 점점 더 자주 밀려오며 달을 지워 갔다. 두터운 그림자들이 가장자리로부터 돋아 겹겹이 쌓이면서 서서히 달 표면 전체를 뒤덮었다. 처음에는 달의 둥근 윤곽이 푸른 후광처럼 희미하게 보였으나, 그 자체로는 결코 밝다고 할 수 없는, 오직 절대적인 어둠과 대비되어 가까스로 '빛'이라고 부를 수 있는 밝기였다. 그러다 마침내 그 희미한 윤곽마저 완전히 사라졌다. 그리고 그뒤로 몇 분간 내려앉은 어둠에는 어떤 이름도 붙일 수 없었다. '적막'이라는 단어로는 생명이 부재한 그 절대 고요를 비슷하게라도 형용할 수 없다. 그 어둠은 나뿐만 아니라 그들의 내면 깊숙이 파고들어, 그 안에서 깜박이던 덧없고 허약한 작은 불꽃마저 덮어버렸을 것이다. 마침내 우리는 우리 고향의 진정한 색을 목도하고 있었다. 하늘이 밝아올 때부터 우리를 소진시켜 온 그 열기는 우리가 밤의 한가운데로 가라앉을 때까지 사물들에게 얄고 기만적인 갖가지 색을 입혔다. 그러나 이제 세상은 그 색들을 벗어던졌다. 우리는 드디어, 우리 바깥에 존재하는 불분명한 것들의 안개 같이 뿌연 조직을 손끝으로 더듬어 보고 있었다. 그동안 그것을 무지와 결핍으로 지어진, 물질 세계라는 집에서 자란 철부지 인간이 벌이는 변덕스러운 농간 내지는 우리 안의 망상 쯤으로 여겨왔던 것은, 결국 착각이었다. 수많은 불길한 전조들을 지나 우리는 마침내 우리 머리를 누일 이름 없는 잠자리에 도달했다.

나는 항구에서 온 아이였다. 그곳에서는 너무나 많은 사람들이 하늘에 목숨을 의지하고 있었기에, 나는 당연히 이것이 월식임을 알고 있었다. 그러나 아는 것만으론 충분치 않다. 진정한 앎이란, 드러나기를 스스로 허락한 것만을 우리가 알 수 있다는 사실을 아는 것이다. 그날 밤 이후로 나는 도시의 지붕 아래에서 살아왔다. 두려워서가 아니었다. 어둠이 극에 달했을 때, 달이 아주 천천히 다시 빛나기 시작했기 때문이었다. 인디언들은 모여들 때와 마찬가지로 다시 조용히 흩어져 마을로, 잠자리로, 만족한 듯 돌아갔다. 나는 홀로 강가에 남았다. 그 후에 내게 온 것들, 이를테면 파도 소리와 도시의 소음, 인간의 심장 고동 같은 것들을 나는 '세월'이라고도, '내 인생'이라고도 부른다. 그것들은 흘러가며, 마치 늙은 강이 물질 세계의 찌꺼기들을 씻어 내려가듯, 나를 실어다 이 흰 방에 내려놓았다. 그리고 나는 여기서, 몽당 촛불의 빛에 기대어 더듬더듬 써내려가고 있다. 아마도 그것은 별빛 속에서 일어난, 별들과의 우연한 조우에 관한 이야기가 될 것이다.

목격자

1판 1쇄	2025년 6월 10일

지은이	후안 호세 사에르
옮긴이	유지선
편집	김효진
교열	이수정
디자인	최주호
펴낸곳	마르코폴로
등록	제2021-000005호
주소	세종시 다솜1로9
이메일	laissez@gmail.com
페이스북	www.facebook.com/marco.polo.livre

ISBN   979-11-92667-27-0   03870

책 값은 뒤표지에 있습니다. 잘못된 책은 교환하여 드립니다.